U0082629

腳步慢一點 心靈近一點

在旅行中遇見另一個自己

舟舟 著

原書名：慢旅行

開場白

當你覺得生活苦悶，生命給你的只是壓力跟無奈，那麼，你需要看看這本書，然後，給自己一個改變的機會。

改變，雖然不是一件容易的事，但是，不懂改變的自己，只能繼續羨慕別人的幸福。

如果人生有分水嶺，那麼，對於本書作者舟舟來說，二十五歲就是她的分水嶺。在此之前，她認真讀書，甚至於一個人從香港跑到台灣來讀書；畢業後不到一年，她放棄了在香港剛起步的工作，隨家人移居新加坡；在獅城認識了原以為的「真命天子」，很認真談了場戀愛，結果卻是無疾而終。

然後，她的生命有了不同，她開始認真為自己而活，四處旅行跟攝影，這本書裡的文字，記錄著這些生命旅程中的點點滴滴。

我們不一定能夠相舟舟一樣，毅然決然的放下眼前的一切雲遊四海，但是我們可以跟著舟舟的文字一起去旅行，我們可以給自己一個假日小旅行，慢慢讓自己改變，慢慢走向幸福的人生。

編輯序

不管身體在哪，心都要自由旅行

讀舟舟的《腳步慢一點，心靈近一點》總會不由得生出很多羨慕嫉妒恨的情愫。

羨慕她可以毫不顧忌的辭掉壓力叢生的工作，放縱自己去找尋遺失的過往；

嫉妒她可以走遍世界的美麗角落，恣意尋找浪漫與美好的痕跡；

更恨她寫下如此令人豔羨的文字贈予我們這些每天被生活壓得喘不過氣的世人。

當然，也不由得在想，為什麼同樣的世界，不同的人卻過著各自迥異的人生。為什麼她可以漫步在雲端感觸心靈的洗禮，而我們的大多數卻要埋頭在案邊研究那些索然無味的理論與規則？為什麼她能夠走遍世界的角落感受不同文明的歷史和古老、浪漫和閒適，而我們的大多數卻要寫永遠做不完的企劃案、改永遠不達目標的申請表？為什麼她可以下定決心丟棄掉我們視若珍寶的工作，為什麼我們在可以選擇過那樣的生活時卻猶豫不定、左右為難？

決定，似乎總讓我們處在這自由與禁錮的兩端，慘痛、折磨、坐立不安、身心恍惚……最近，網路上在流行一句話：再不做決定我們就老了。是的，如果再過著這樣的生活，是不是當我們年華老去時也只能對著夕陽空悲歎？是不是也會天真的妄想當第二天太陽升起時，我們彷彿電影劇情般回到了輕狂的十七歲？可是我們十七歲在做什麼呢？我們學習、考試、戀愛、失戀、痛哭……十七歲的記憶雖然美好，但是卻不是我們想要的。所以，如果可能，請把握現在，抓住當下。

不管當下你身處在何處，即使身體不能去旅行，也要讓你的心隨著舟舟的節奏上路。聽舟舟的故事，看舟舟走過的風景，總讓人在不經意間彷彿置身在她的周圍，好似和她一起行走在路上。沒有人可以預料——自己會在哪座城市的街巷間、餐館裡，或者郊區的風景中，尋找到自己想要的感覺，並釋放出心靈能量。而那些前進的路上，所將遇到的艱辛，還會像隱蔽在叢林間瞪著眼睛虎視眈眈望著你的豺狼虎豹，匍匐在你的周圍，埋伏在你前行的路上，隨時做好出其不意地給你造成毫無防備的傷害。這也如同我們人生的旅行——從呱呱墜開始，到耋老年華結束，一路走來：苦難而多舛，卻痛並快樂著。

如果，你已經準備好了，那麼隨著舟舟踏上旅程吧！你將會經歷城市風光、田園風光、自然風光、文化之旅、情感之旅、味蕾之旅……這次體驗將會帶你走入另一個美妙的卻被世人遺忘太久的世界。

跟著舟舟開始慢旅行吧！你會感受到除了風景之外最美麗的文化；

跟著舟舟開始慢旅行吧！你會感受到那些文明給你帶來的洗禮；

跟著舟舟開始慢旅行吧！所有你曾經想做的都能做到，所有你曾經幻想過的也都將成為現實。

當然，最重要的是——不管你現在在哪裡，都不要割斷心靈旅行的自由之索。

作者序

行走，是迷途也是出路

當你總在歲月中歎息自己沒有比別人幸福時，
當你總在忙碌的身影裡找不到存在感的價值時，
當你總是低著頭，錯過春花秋月，
當你開始厭倦平淡的日子，
當你產生逃離的欲望，
當你說自己不再會愛，

……

給自己一個離開的理由，出來走走吧！沒有什麼事情能夠比尋找生命的意義和活下去的勇氣還要重要。

當我在生活中遇到各式各樣讓我感到頭痛欲裂的問題時，我就會選擇從一座城市走到另一座城市，從草原看到大海，從荒原看到村落，在不斷的行走中，尋找問題的根源。

這樣的行走，是迷途也是出路。

回想最近或糟糕或平淡的生活，回想自己最近越來越煩躁不安的心情，回想自己曾經做過卻未實現的計畫，靜下心來聽聽自己內心真實的聲音——

為何你會在夜間歎息自己的命運？

為何你會在生活中流離失所，找不到存在的價值？

為何你會變得麻木不堪，對幸福失去了當初的感應？

為何你會整日裡抱怨日子過得無聊？

為何你會產生被束縛的感覺？

為何你會變得絕望？

為何……

或許只是因為缺少了生命的熱情，和對生活肯定的態度。只要你勇敢地邁出第一步，懷著兒時的好奇，與我一起去未知的城市中探索，探索風景裡的秘密，探索生命的意義，讓命運重新揚帆起航，並在新鮮有趣的行程中，將那些遺失的幸福，走丟的過往，一點點找回。

命運不會拋棄熱愛生活的人，註定不會拋棄你。

在歐洲行走的日子，每一天我都會以新奇的情愫掀開清晨的薄霧，每一天我都會以滿足的情懷送走落日。在行走中所遇到的景色、人事都被腦海裝訂成了記憶中永恆的畫冊，而行走中所遇到的美食，就猶如一張張明麗的明信片，寄託著我對當地風土民情的思念。

在行走的日子裡，每一座山，每一條河，每一片海，都因為足跡踏過，有了難以割捨的情愫。也正是這些美麗的風景，教會了我：如果沒有廣博的知識，行走的閱歷會教會你生存的智慧；如果沒有別人天生的美貌，行走的風景會告訴你自然就是大美；如果沒有太多的自信，行走的歲月會幫你積澱自信，並教會你勇敢與承擔，樂觀與堅強，寬恕與熱情。

行走讓我感動，讓我學會與風景對話，懂得更加愛惜自己。這段在路上的日子就像生命替我重新串起的珠子，在我心底散發出生活律動的光澤。

在行走中治癒傷口，正是我寫作的目的。本書將在旅程中看過的人情景物，劃分為城市風光、田園風光、自然風光、文化之旅、情感之旅、味蕾之

旅六個版塊，本書將帶領讀者們走進一段不一樣的遊記裡，因為，這裡不但有風景，還有愛。

品讀它，優美的景色會愉悅你的心境；

品讀它，會讓你增長許多旅遊的見聞；

品讀它，會激起你心靈的漣漪，品悟的人生哲理。

這是一部風情遊記，更是一段心靈救贖之旅。

我將用最獨特的視角和優美、舒緩、真摯的語言，向每一位讀者詮釋盡每一處景致的可愛、可親之處——這裡有大自然賜予人類的愛，還有大都市在喧囂中隱藏的幸福皺紋。

謹以此書獻給那些在生活中感到迷茫，卻依然熱愛這個世界、熱愛生活、熱愛旅遊的讀者們。

等風景都看遍，我還會在你身邊，陪你看細水長流……

目錄

第一章　讓忙碌的腳步 Stop

許多時候，是我們自己那顆不甘的心，在有限的生命裡，在無止無休的貪欲中，不知不覺耗盡了光陰。

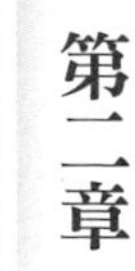

第二章　田園的景致，別樣的夢想

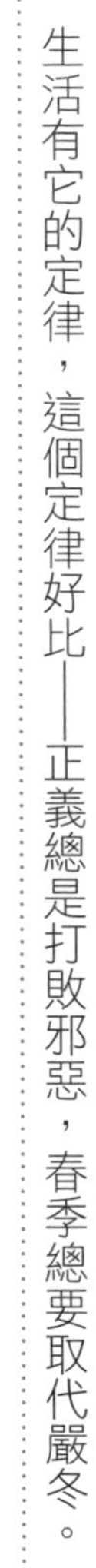

生活有它的定律，這個定律好比——正義總是打敗邪惡，春季總要取代嚴冬。

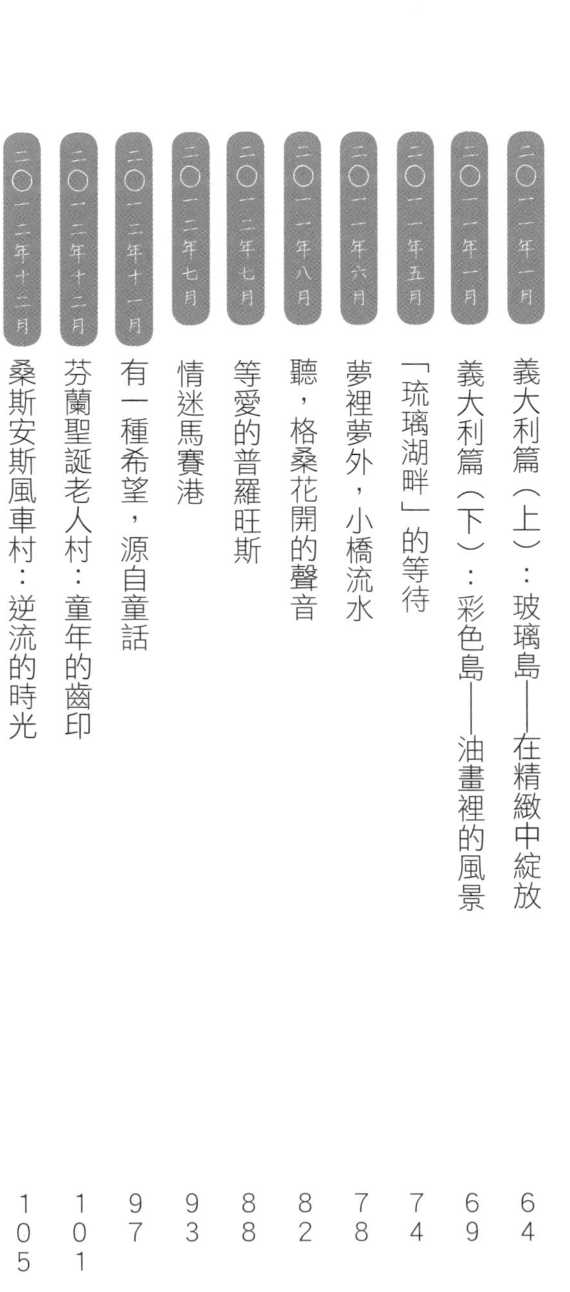

第三章 美麗的風景是一枚OK繃

穿越坎坷崎嶇的山路，以三十五度角仰望別人的幸福，驀然回首，卻發現自己正被山腳下的人用六十五度角仰望著。

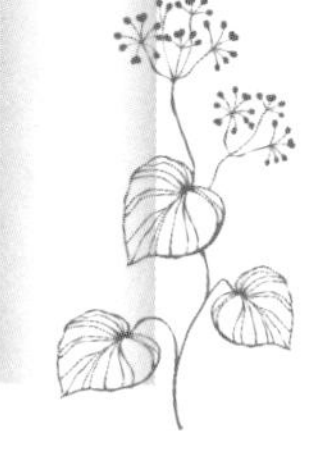

第四章　行走中何處安放的青春

旅行是一門帶著想像色彩的藝術，走得愈多，想像的色彩愈斑斕，此時，你便可以拿起筆，描繪生命。

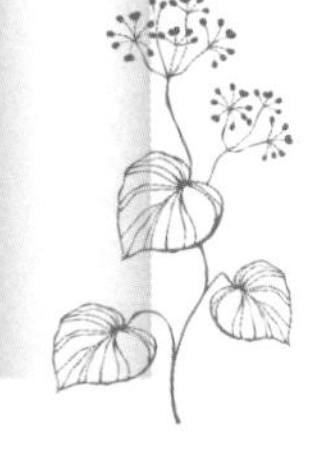

第五章　努力愛，直到生命化成塵埃

沒有人拿捏得準愛情的脈搏，沒有人能讀懂丘比特的心，哪怕，總有那樣一個人，一直住在你心底，卻消失在你的生活裡。即便如此，我們依然虔誠地相信這個世界有真愛。

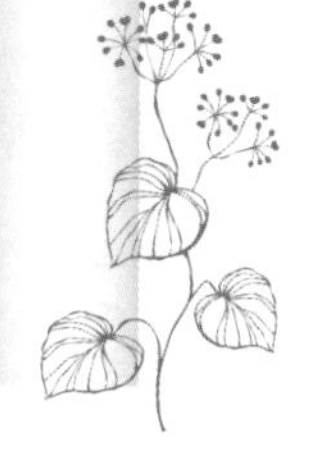

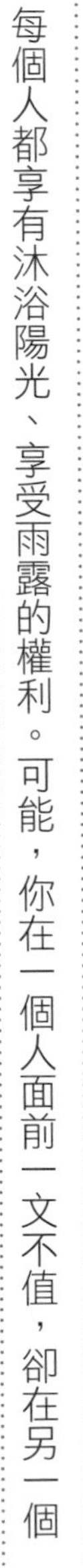

第六章　有生之年種下一棵希望之樹

每個人都享有沐浴陽光、享受雨露的權利。可能，你在一個人面前一文不值，卻在另一個人面前是無價之寶。

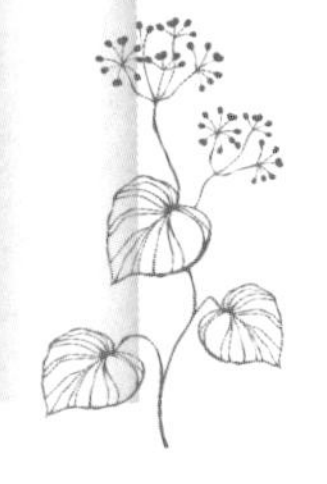

J - 986
AVANT L'AN 2000

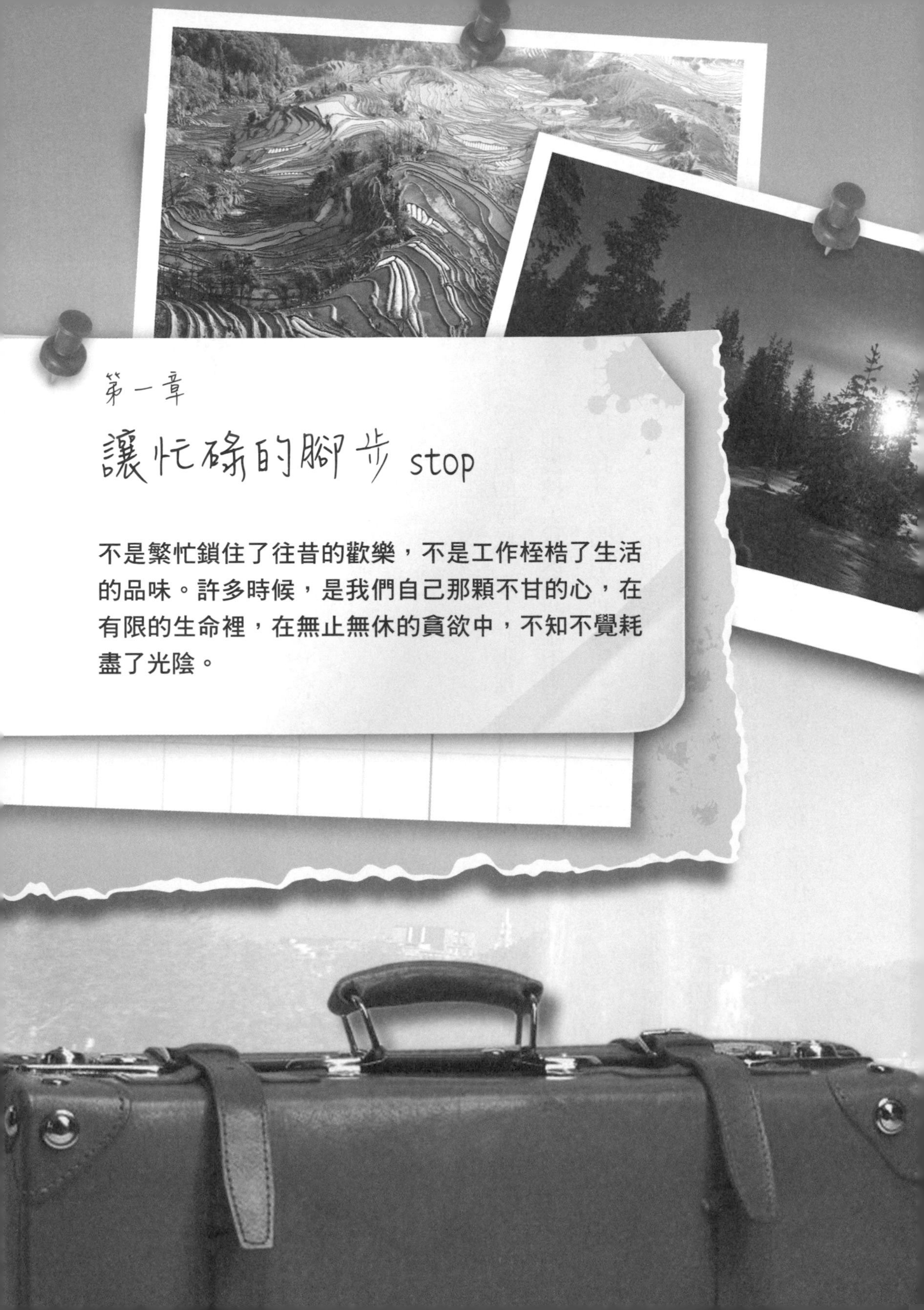

第一章

讓忙碌的腳步 stop

不是繁忙鎖住了往昔的歡樂，不是工作桎梏了生活的品味。許多時候，是我們自己那顆不甘的心，在有限的生命裡，在無止無休的貪欲中，不知不覺耗盡了光陰。

二〇一一年七月

寄居「彩雲之南」

想去那座城市居住一段時日，是內心蓄謀已久的一場靈魂出逃。

聽說雲南是豔遇多發之地的時候，好友H眼裡充滿了對我的豔羨。被炎熱氣息包圍的我，出發前還要被H羨慕的眼神裹挾，我快有些喘不過氣來。

二〇一一年七月二日，我就要開始了我寄居「彩雲之南」的生活。

據說，那裡的天很藍，水很清，山很潔淨，微風總是帶來不知名花的香氣，時間是靜止的。我想躺在時間靜止的河流裡，感受一刻命運的歡欣，也許，唯有在雲南麗江，才能夠實現我這內心小小的願望。事後證明，我對麗江的感應是對的。

麗江古樸的街道，拉長了每一天流淌過肌膚的時光。在麗江居住的日子裡，我最喜歡在

彩雲之南
2011年7月

清晨的青石板路上踽踽獨行。說踽踽獨行是不為過的，這裡的人們起床都很晚，早起晚歸的疲倦在麗江這座小城似乎是遁形的。我感受到一座小城清晨的冷清，和冷清中散發出的美。

每天早上，我都會例行點上一份現烤的咖啡麵包作為早餐，在傍晚盡興遊玩回來的時候，到關門口的優酪乳鋪子裡，打包一杯現釀的草莓優酪乳或者是一杯芒果優酪乳，品著草莓的芬芳或者是芒果的香甜，在餘暉唱晚的小鎮中，悠悠然趴在視窗，看天邊的雲或者天邊的虹，看遠處的雪山或者看樓下日日夜夜不停穿梭的遊人，心裡便升騰起一種閒適的情愫。

是啊！那快步不停、走馬觀花的人們又怎麼會明白這美麗的小城其實是一幅靜態的油畫呢？

麗江的街景是絢麗的，這裡有把玩不盡的民族配飾，這裡有吃不完的美食，這裡四處都是著裝豔麗的俊男美女，難怪H很嚮往這方神聖的土地。

夜晚，我逡巡在四方街的酒吧裡，據說這裡是豔遇高發區，許多人就是在這裡認識，相愛、結婚。我從來不相信會有一見鍾情式的愛情，也一直覺得世間的種種美好，不是刻意等待得來的。所以，來到四方街酒吧，我一般只是點上一杯雞尾酒，或者一杯橙汁，坐在角落裡看一些在酒吧裡求婚的男女，聽一首木吉他演奏的滄桑，任思緒像夜間冉冉升起的水氣，膨脹在時光裡，然後在月亮升起之時，離席而去。

在麗江，我用兩日的時光去造訪了玉龍雪山、藍月谷，就將剩餘的時光打發在了麗江古城。我愛極了這裡質樸如玉的生活，在喧囂中盛放的優雅。想起在臺北工作時一日裡忙碌得看不到日出和晚霞的生活，我不禁微微一笑。

人生旅途中一些陰差陽錯的選擇，往往就改變了一個人一成不變的命運軌跡。哪怕有些選擇迫於無奈，有些選擇是自己毅然決然的決定，無論是何種選擇，都該學會為將來努力地愛自己，這樣才能在時光之河裡不負一顆斑斕的心。

寄居彩雲之南，每天的心情都像這裡明麗的陽光，日子過得像棉花糖一樣，冒著絲絲的甘甜，這裡有用花盆裡的花朵做誘餌捕捉蝴蝶的花貓，這裡有懶洋洋曬著太陽的黑狗，這裡有美味誘人的石鍋魚、納西拌飯、烤乳扇、釀豆腐、香果糕，這裡有許多「上網免費」、「發呆免費」的休息小棧，這裡還有色彩豔麗的三角梅，吐著米黃色或者深紫色的蕊，在牆角花盆裡，或者在庭院花圃間，生氣盎然地怒放。

臺北的三角梅沒有麗江的顏色亮麗，也沒有麗江的來得花團錦簇。我想起客棧院子裡那株三角梅，總是在行人走過的時候，落一朵玫紅色的小花於妳的髮梢、肩頭、腳邊，雖然它的顏色還是那樣的豔麗。每當有風吹過，風吹花雨。這麼美麗的小花，無論是在臺北，還是在麗江，總是匆匆盛開，然後匆匆凋零，我拾起一朵落花，又一朵落花……眼裡滿是哀憐。

一不小心，我拾花落寞的神情就降落在了簷廊邊上坐在躺椅裡享受斜陽的店家眼裡，老人家迎著陽光，眯著眼，對我說道：「面對美，妳只能做的是，打開心扉來享受。」

我抬起眼，猛然驚醒，多日以來這段艱苦的靈魂逃亡之旅，總算在麗江古城這繽紛的三角梅下找到了勇敢面對的解藥：**面對美，我只能做的是，打開心扉來享受！**

突然想起，今天玩得匆忙，竟忘了每日到關門口買優酪乳的慣例，於是丟下落花，提著裙角，在老人家的笑眼中衝出了客棧，奔跑中，迎面而來的又是一輪美麗的落日。

心靈慢活

- 關門口是麗江古城最繁華的地帶，也是麗江古城各種美食的聚集地。傍晚時分，洶湧而來的遊客在此地品味各種古城美食、挑選各種古城配飾——色澤豔麗的披肩、色香典雅的小包、帶著民族特色的鐲子，這裡將是女孩們流連忘返的勝地。
- 麗江古城南邊有個忠義市場，這裡販賣的各種水果色澤鮮美、價格公道，荔枝潤滑可口，芒果更是甘甜味美。玩了一上午，到市場裡買上一些新鮮的水果犒賞自己，將是一天中最愜意的時刻。

二〇一一年九月

高原上行走，直到遺忘

這裡的藏民喜歡順時針轉著經筒，順時針簡直在朝聖的路上，順時針完成一年的祈願。

兩年後的一個清晨，當我坐在電腦前，看到這樣一句話：「雖然我們無法改變人生，但我們可以改變人生觀；雖然我們無法改變環境，但我們可以改變心境。奇妙的是，後來我們發現人生和環境都因此開始改變。」

我突然想起了那片遙遠的聖域，二十八歲那年，它向我詮釋的也恰恰是這樣的道理。

二〇一一年九月來到拉薩，只是一個閃念間，記憶中乘的是一列綠皮火車，很唐突地，我就來到了那個和藍天比高的地方。拉薩有我意想不到的美，讓我想起七月的麗江。拉薩有著美麗、神奇的建築還有著友善、純潔的笑臉，這裡的土地散發著虔誠的氣息，一朝一夕，凝成了一道揮之不去的咒語。

每當看到虔誠信佛的人，手裡套著皮墊子，在大昭寺（註1）前磕著長頭，我就沒來由得在心中升起一股崇敬之情。如果透過如此虔誠的祈願，能夠讓我的人生重新再來一次，磕上一萬里長路我都願意，可是，轉經筒轉走的歲月告訴了我，時光永不停歇，青春永不止步。

這個世間，一定有許多人跟我一樣，覺得長大是種痛苦的遭遇。從清晨睜眼起，就要為生活奔波，到了一定的年紀，還要飽受家人逼婚之苦。我從臺北逃到這塊高原聖土，只想抖落滿懷的煩惱，讓自己暫時清靜。

到達拉薩的第一天，我便慕名去了八角街。八角街環繞著大昭寺，除了順時針磕長頭的信仰者，剩下的便是沿著順時針方向沿途逛街的行人。八角街上擺賣著各種小玩意兒，我看到許多如我一般初來乍到的遊客，正圍著各種小工藝品詢問價格，有的遊人在為同伴拍照，路邊有睡成F形的白色流浪狗，身邊不時跑過兩個追逐嬉戲的頑童，看到這些明媚的笑臉在布達拉宮的守護下，幸福、安康，我心底泛起了一串歡樂的音符，腳步不由得快起來，竟忘了有可能會因為疾走而引起的高原反應。

沒走多遠，我就感到頭部撕裂般地疼痛起來，疼痛讓我沒來由的恐懼，那時那刻，我甚至害怕死神站在我身後，出其不意地向我伸出他的黑手。慌忙中，我掏出一枝紅景天，攔了一輛三輪車匆匆趕回旅店。車夫告訴我，我這樣的情況屬於正常反應，熬過一兩天就沒事了，還叮囑我高原上不要隨便亂跑。

第一天的出行就這樣草草收尾，我躺在床上，望著窗臺上跳躍著的陽光，頭部依然如此刺痛。因為頭痛，我忘記了從臺北帶過來的煩惱。我的注意力都集中在了頭部的疼痛部位，疼痛感的擴散讓我在半夜都睡不好覺，想想自己原本就是守夜的貓頭鷹，何必在頭痛難忍的時後硬逼著自己閉上眼睛沉入睡眠？

睡眠可以讓人忘記疼痛，疼痛可以讓人忘記煩惱，煩惱卻可以讓人忘了生活的美好！我像一個垂暮的老者唏嘘感慨，滄桑順勢爬上了眼角，看著鏡子中的自己，我想起了G對我說的話：「幾個月不見，Angel妳都長白頭髮了！」

會不會換一種心態生活會更好？

在二十七、八歲的時候，感慨生命脆弱，韶華易逝，不如趁著年輕，勇敢地去做許多心裡想做的事情，那些所謂的煩惱，那些憎恨的人，其實不過是人生旅途中一小段佈景，放下心裡的負擔，學會坦然，才是年輕時候該做的事。

躺在藏式小旅館溫暖的大床上，我的心是沸騰的，高原上的缺氧反應似乎隨著我突然轉變的心情變得好多了，我大口地呼吸著稀缺的氧氣，祈禱自己快快好起來！

接下來的幾天，懷著愉悅的心情，我遊覽了布達拉宮、八角街、大昭寺、哲蚌寺、羅布林卡，買了一本藏手工紙造的日曆，遇到做法事的喇嘛，看了一場別開生面的法事，幫四名遊客拍過照，喝了六碗酥油茶……

記憶中，二〇一一年九月的拉薩充滿了夢想和喜悅。

心靈慢活

- 來到拉薩，不妨靜下心來聽聽拉薩河的聲響，聽著水流日日流淌的讖語，看著河邊吃草的馬，河邊用石頭砌成的四四方方建起的藏民居，會讓你不知不覺間融入天與地，水與樹，人類與自然的美景裡。在高原的美景中流連，好似品閱一卷經書，帶著善與美，帶著佛心與佛性。
- 坐落於青年路與宇拓路交叉路口的珠峰偉業大樓的二層的拉薩電影院，是海撥最高的一座電影院，裡面設有販賣部和尼泊爾餐廳，坐在海拔最高的電影院裡享受一部激烈的影片，將會是你生命中最難忘的一場聲色之旅！

註1：大昭寺：又名「祖拉康」、「覺康」（藏語意為佛殿），位於拉薩老城區中心，是一座藏傳佛教寺院，始建於唐貞觀二十一年（六四七年），是藏王松贊干布為紀念尺尊公主入藏而建，後經歷代修繕增建，形成龐大的建築群。

二〇一二年一月

艾菲爾鐵塔下的精神守望

沒想到機會就這麼來了——機會原本是人創造的，就像機會這個詞。

二〇一二年一月三日抵達巴黎，我最想做的事便是去看看真實的艾菲爾鐵塔，那是我童年中最美好的期盼和回憶。

小時候去同學家玩，看到他書桌上擺著一座濃縮版的艾菲爾鐵塔，聽他講述艾菲爾鐵塔的由來，我在心底就對鐵塔的設計者艾菲爾和他設計的這個作品升起了一股崇拜感，那時候的自己多麼希望有一天能親眼見見這位傳說中的「鐵娘子」。

今天行走在巴黎讓我越發覺得許多事、許多願望，都是人力所能及的，有時候我們對自己哀歎「可惜沒機會！」，其實機會恰恰就站在我們身後看著我們，隔著一個轉身的距離。

一場精神的守望
2012年1月

拋開生活的瑣碎煩憂，到這座遙遠的城市邂逅一座鐵塔，對我來說可以算是這兩年中最瘋狂的事！我的心以光的速度奔離腳下的土地，順著視線裡愈來愈近的鐵塔，怦然起舞，那種雄渾中帶著沉靜的美，在雲霧中顯得那樣蒼涼而古典。

我站在艾菲爾鐵塔腳下，一種如夢似幻的錯覺，有陽光穿透鋼架鏤空的塔身投入我的眼，一圈一圈繽紛的光暈，讓人幸福得快要暈眩。

我是多麼喜歡這座高大、偉岸的建築，它讓我想起了我大學時候跟室友做的心理測試題：假設妳正要步入一片未知的大森林裡，妳第一眼最想看到什麼動物？妳的答案可以是任何一種動物，妳第一感覺的動物身上所具有的品格將是妳最喜歡的男生類型。

比方說，妳的答案是狗，狗代表著忠誠，那麼意思就是妳將來最想遇到一個對妳十分忠誠的男人。剛聽完問題我的答案就脫口而出，大象！是的，我太需要安全感，需要大象般高大、忠厚的伴侶，讓我累的時候可以依靠撒嬌。

可是現實中，真正能夠讓我有「大象」感覺的男生實在好少！看到眼前的艾菲爾鐵塔，想到自己心底的癡戀，我突然明白了我為何喜歡「高大」、「偉岸」的人與事。不僅僅是私底下小鳥依人的性格。

能夠仰望何嘗不是一件幸福的事？在仰望的過程中，美好的想像總是不斷地推動你努力去攀登，更近的靠近自己的夢想。就像此刻的自己，一級一級地攀登在這座高達三百二十四公尺的鐵塔上，一種幸福的喜悅在我的軀體裡蔓延開來。

據說艾菲爾鐵塔共有一千七百一十一級階梯，「1711」四個數字諧音「一心一意」，巴黎四處洋溢著浪漫的氣息，哪怕是在設計一座鐵塔的階梯上。來觀光的遊客登塔可以選擇坐電梯，也可以選擇爬階梯。塔上分成三層觀景台，第四層設了氣象站，最頂部是巴黎的電視中心。

我從海拔五十七公尺的平臺躍到了兩百七十四公尺的觀景臺，正所謂登高望遠，眼前一片開闊，巴黎四面八方的景色向我的眼底盡興湧來，登高望遠的情愫一下子攫取了我的心。

放眼望去，巴黎的建築佈局就像有著各種銳角的圖形，在塔周散佈，跟中國四四方方的格局實在是大不相同。站在這樣高的觀景臺上，讓人興奮得想大聲呼喊，可以想像俯瞰巴黎夜景的美麗景象，我恨不能今生就在此，與雲為伴，與鳥共舞。

這些美好的感受都是腳下這座鐵塔賜予的，鐵塔的鋼結構都用鉚釘連接，據說在組裝部件時鑽孔都很準確地合上，讓人無法想像居斯塔夫．艾菲爾（Alexandre Gust-ave Eiffel）這位設計師怎麼能夠做到這樣精準和細緻！

人生何嘗不是如建塔，夢想是塔頂，勤奮是基石，要想成為「高大」、「偉岸」的人，就要做好塔身建設的每一個細節。高大和細心永遠不是一組對立詞，能夠完美融合這兩個優點的人，足以讓我仰望。

想起那個白衣飄飄的年代，自己曾經仰望過無數人，終又一個個拋下，就像今天的登塔，我們總是努力奔向頂峰，尋找更廣闊的視野，體味從低到高位置變換的感受，在攀登的過程中，仰望著，拋棄著，也許就這樣，在永無止境的趕超中走完了一生。

心靈慢活

- 不同角度的艾菲爾鐵塔有著不同角度的美，乘坐捷運六號線，當列車穿過塞納河上的鐵橋，透過車窗，你會看到一幅如詩如畫的艾菲爾鐵塔圖，不同天氣的天幕背景還會為你呈現出不同氣質的艾菲爾鐵塔，轉瞬即逝的美麗總是在我們的腦海中念念不忘。
- 鐵塔入口有小吃店和冷飲店，你可以在塔下捧著一個從冷飲店中取出的新鮮的冰淇淋，在塔的四周觀賞巴黎街道上不斷穿梭而過的人群，那些豐富的表情，那些和你一樣漫步的人群，那條緩緩流淌日夜不息的塞納河，和那些河上漂浮的輪船，都會向你詮釋巴黎的溫和與浪漫。

二〇一二年一月

香榭麗舍：最美的心情源自最動心的一瞥

現實中總是留存著太多的無奈，也許妳喜歡他，他不喜歡妳；也許妳喜歡上了他，他卻不能夠喜歡妳；也許妳一廂認為他就是妳苦苦要找的人，最終卻發現事實並不是這樣；也許妳喜歡著，喜歡著，就變成了恨。

香榭麗舍大道，被法國人形容為「世界上最美麗的大街」，街上來來往往的遊人和奔湧不息的塞納河形成了一種美妙的遙相呼應，一邊是奔湧不息的河流線，一邊是川流不息的街道線，讓人心中不覺莞爾。這就是二〇一二年一月某日上午，我和香榭麗舍大街的第一次邂逅。

我沿著街道，一路向東。這條「極樂田園大街」，東起協和廣場，西至凱旋門，順著西高東低的地勢，相當順暢。這裡有街頭雜耍，還有露天咖啡吧，沿路的商店更是不勝枚舉，我不時要停下腳步走進到店內瀏覽各種新奇的商品。

許多商店早已是遊客湧至，我看到了許多年輕的小情侶在挑選飾物，也有挽著胳膊四處旅遊的老年夫婦興致勃勃地在店內商量著挑選商品，讓人看了心中不禁絲絲柔情。

巴黎LV專賣店的入口讓我眼前一亮，巨大的立體箱包勝過各種語言打出的廣告，形象的設計，唯美的造型，無形的招牌，讓我深深佩服起這個建築的設計者。

LV專賣店店面入口有專門開門的穿著燕尾服的法國帥哥，讓購物者著實享受了一番貴賓的待遇。進入這座充滿著奢華氣息的箱包宮殿，許多顧客開始瘋狂選購起來，讓我想起了身邊許多朋友的巴黎之行。

無論是誰到了巴黎旅行，回國後總是無一例外的大包小包，香水、首飾、紀念品、LV包，活脫脫整得像個搞對外貿易的商人批回一堆貨物。有的是要作為自己旅行歸來的一點心意贈送親朋好友，更多的是周圍朋友拜託幫忙帶的禮品。

旅行一趟累得半死！

這次來到巴黎，我關掉了手機，也將自己的行程隱密了，只是吸取了過來人的經驗，我只想擺脫那種「禮物」和「託付」的負累，帶著輕鬆、從容的心情進入這座充滿浪漫主義情懷的都市。

在香榭麗舍行走和西門町行走，前者新鮮、散漫，後者喧鬧、生機。我喜歡西門町的熱鬧新潮，更喜歡香榭麗舍的浪漫鮮豔。走在香榭麗舍大街上，會強烈激發你追逐時尚的興趣。當我看到身旁走過的金髮碧眼，著裝高雅時尚，烈焰紅唇的巴黎女郎時，購物欲望空前的膨脹起來。

站在一座精美的櫥窗前，櫥窗裡一套有著漂亮蕾絲花邊的紅色連身裙突然闖入了我的眼簾，看著看著，我竟然忘了自己只是這座城市的一名過客，恨不能立刻掏錢買下這條紅得像火焰的連身裙，瞧那完美的剪裁和修身的設計，加上泡泡袖上的流蘇，著實美得驚豔！

我試想著自己穿著這條裙子參加朋友晚會的情景，穿著紅色連身裙迎接所有目光的聚焦，我在眾人的目光中從容走過，最好讓曾經拋棄過我的Q看了啞然……我忍不住笑出聲來。讓我苦惱的是，旅行箱已然無空餘的位置放下這麼一條頗占空間的長裙，想想只好作罷！

想必每個女孩都是一樣的吧！每每看到自己的喜歡的衣服，總是想著立刻佔為己有，就像遇到自己喜歡的男生，總是恨不能立刻在一起，手牽著手，永不分手。可是現實中總是留存著太多的無奈，也許妳喜歡他，他不喜歡妳；也許妳喜歡上了他，他卻不能夠喜歡妳；也許妳一廂認為他就是妳苦苦要找的人，最終卻發現事實並不是這樣；也許妳喜歡著，喜歡著，就變成了恨。

仇恨埋葬了妳和他曾經的美好，那些過往的幸福，那些讓妳滿生愛意的言語，最終都將被暗夜所佔據。曾經的相愛，如今的相恨，何苦？

有時候喜歡的東西，只是遇見也是一種幸福。

望著櫥窗裡懸掛著的那條火紅的連身裙，相信會有比我更適合「他」、更愛「他」的人出現在「他」的生命裡，這樣想著，我的嘴角浮起了一絲微笑……

心靈慢活

・香榭麗舍大街的東面，是一條長達七百公尺的林蔭道，街市的繁華走到了這裡就遁了形，你可以到這裡來躲避喧囂，到這裡來享受片刻的寧靜。而路兩邊是高大的法國梧桐，會隨著春夏秋冬變換不同的景，時刻為你營造屬於你的心的氛圍。

・趁著遊玩的好興致，不妨到香榭麗舍的餐廳裡點上一份人們口口相傳的海鮮鍋和法式羊排，再加上當地產的紅葡萄酒，享受一餐愜意的法式午餐，將是你在巴黎香榭麗舍大街最難忘的一次味覺之旅。

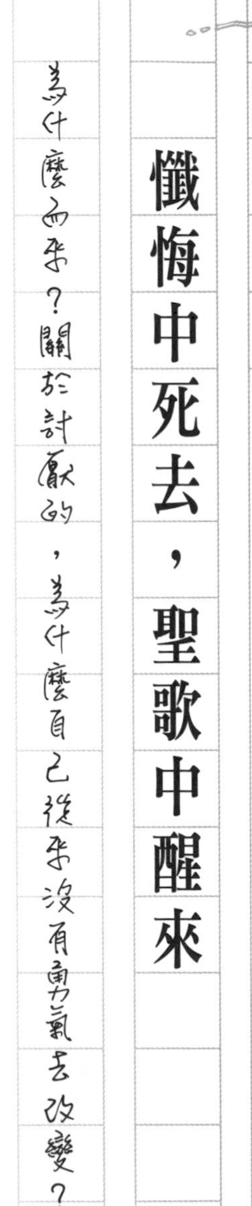

二〇一二年二月

懺悔中死去，聖歌中醒來

為什麼而來？關於討厭的，為什麼自己從來沒有勇氣去改變？

時間飛逝，來到聖心大教堂已是二〇一二年的二月初。記憶裡有著太多關於教堂的唯美畫面，不知道這座具有拜占庭風格的教堂會帶給自己怎樣的心靈感受。懷著莫大的好奇，我來到了聖心大教堂的所居地——巴黎市北部第十八區的蒙瑪特爾山上。

那天正好遇到做禮拜。聽著自遠而近的聖歌，我的心頓時澄明起來。小時候一直嚮往穿著白色婚紗在教堂中舉行婚禮的場景。那時候，有什麼願望，就會跑到教堂裡，跟上帝祈禱。許多不可告人的秘密，竟只願意和上帝分享。長大後，一旦做了關於教堂的美夢總是每每不願醒來……

眼前越來越近的聖心大教堂在聖歌的渲染下，愈是顯出了宗教的肅穆氣質。聖心大教堂的外觀沒有我想像中的白，但是也在意料之中。據說它有自動清潔功能，下雨的時候，教堂外面鋪的白磚能夠分泌出神奇物質將汙漬清理乾淨！這樣的聖心大教堂，在我的眼中又多出了幾分神秘、另類的味道。

我懷著對上帝的信仰，走進了教堂裡，教堂裡有著許多珍貴的浮雕，在感受宗教神話的五彩多姿的同時，還可以感受到濃烈的西方藝術氣息。聖心大教堂還保存了一座重達十九噸的瓦薩鐘，如此的巨大的鐘一旦被敲響，可以想像它的聲響有多麼的宏亮和悠遠。

此時，教堂裡唱詩班正在獻唱，男聲、女聲渾濁低沉。很是抒情、深沉又帶著空靈氣息的獻唱，讓人聯想到潔白的天使、和藹的神父、神秘的耶穌，心底自然而然地湧入一股崇高的情懷。在聖歌中修身養性不失為一種自我修煉的方式。

聖心大教堂內部穹頂之上有一幅巨大的耶穌佈道壁畫，壁畫上的耶穌顯得如此神聖卻又如此親近，祂張開自己的臂彎，彷彿要把受苦受難的人類護入懷中似的。望著壁畫，我的心緒變得如絲綢般輕滑亮麗，我想起了自己曾經對生活的抱怨，也想起了自己曾經在酒吧裡自暴自棄買醉的神情。

有些一直諱莫如深的話題，有些一直不願觸及的傷痛，就在聖心大教堂的歌聲中清晰地縈繞於腦際。為什麼而來？關於討厭的，為什麼自己從來沒有勇氣去改變？

唱詩班的歌聲悠遠得彷彿可以飄到天際，遼遠的況味，讓我的思想變成了一匹駿馬在寬闊的草原上空自由馳騁。

非常享受這樣的感覺，彷彿回到了兒時，心中有著信仰，可以雙手交握，**可以把秘密交給上帝保管**，可以對著上帝懺悔自己曾經做過的每一件錯事，然後祈求寬宥，祈禱自己重新快樂起來。

那時候，簡單的祈禱，卻總是換回滿缽的歡樂。而兒時的簡單竟成了長大後最難做到的事，所以長大後註定要輸掉生活中的滿缽歡樂。開始工作後，學會獨立，許多現實不得不去考慮，許多人情世故不得不學會去應對。該成為一個怎樣的人？該如何和新來的上司相處？怎樣才可以賺到更多的錢？怎樣才能讓他原諒自己毛躁的脾氣？

腦子裡又是一團亂麻，我深吸了一口氣，努力靜下心來融入唱詩班的歌聲裡。那些歌聲，純淨、真摯而美好，它多麼像一群純潔、歡快的精靈，輕撫著每一個傾聽者的心。聽著這些悠揚空靈的音符，我的心豁然開朗起來。

人生在世苦惱也是一天，歡樂也是一天，何不快快樂樂去面對嶄新的朝陽？心的沉澱讓我變得更加豁達、懂事，曾經悔恨自己做不到的事情，也隨著教堂的歌聲已經越飄越遠，我感到有史以來的輕鬆和自由。

輕鬆和自由，是自己賜予自己的饋贈。

苦惱的，就丟給歲月去洗滌好了！我們只有在悔恨中學會成長，然後放下悔恨，才能輕鬆上路。

感謝聖心大教堂裡的那些美妙的聖歌，在那個沾滿陽光的午後，幫我抖落了肩上的塵埃。

心靈慢活

- 聖心大教堂前的草坪和階梯就像教堂專門為人們設置的舞臺，每天變魔術的、做模仿表演的、街頭藝術家等等，都會來到這裡表演，任何時候這裡都是人山人海一副熱鬧非凡的景象，聖歌與歡樂，總是無處不在。
- 聖心大教堂周圍有一個充滿文藝氣息的市集，這裡生活著很多賣畫的藝人，市集上兜售著許多小紀念品，如果想要在巴黎買些有特色的紀念品，這個市集絕對是最佳地點，因為價格相對比較公道！

二〇一二年六月

瑞典冰吧——為心靈尋一處清涼

人類一直都是以好奇動物自居，我的好奇心也不例外地牽引著我往那個方向奔去。

二〇一二年六月的瑞典映入我眼簾的是一派生機勃勃的景象，整個瑞典首都斯德哥爾摩已然沒有了嚴冬素裹的景象，整個城市整潔有序。

來到斯德哥爾摩，我從來沒有想過自己會特意去邂逅一間特殊的酒吧，後來回想起來，一直感慨，覺得那些旅程中的邂逅會不會是上帝的特意安排？上帝為人類安排了災難，看人類如何去克服，上帝為人類安排了幸福，看人類如何去享受。

在斯德哥爾摩，我原本只是流連於當地漂亮的商業街和街頭數不盡的金髮帥哥美女，以及位於 Skrapan 大廈二十六層的「天空酒吧」所能夠俯瞰到的美妙景致。直到有一天，天空酒吧裡偶遇的一位旅人推薦我一定要去這座城市另一處特別的酒吧看看……

時隔很久，我甚至還記得當時他用詼諧幽默的語調跟我說道，如果妳不去，妳會後悔的。瑞典冰吧——我自然聽說過，可是我的腦海中，就當時的情景，除了帶著歷史韻味的瓦薩沉船博物館、在湖光掩映下散發著迷人魅力的市政廳、坐落於一派美妙景致中的 **Kaknästornet** 電視塔，我實在找不出關於瑞典冰吧的絲毫痕跡。

Absolute Icebar 正是我要去尋找的那間特殊的酒吧，它位於斯德哥爾摩火車站附近，實際位於一家酒店的大堂旁。Absolute Icebar 好比一間冷凍室，進去的每一位客人都要做好全副武裝。我看到酒吧門外有許多人在排隊，每次進去一批，出來後再換上下一批，看來 Absolute Icebar 的生意真是興隆。

好不容易輪到我，我的心莫名激動起來，彷彿答案在等待揭曉前不可按捺的喜悅。穿著帶帽的厚實棉服，我隨著幾位客人進入了 Absolute Icebar 裡。真是難以想像，這間冰吧做得如此漂亮！冰製的桌椅、冰制的酒櫃、冰鏡、冰杯，冰的世界，在這間濃縮的酒吧裡大放異彩。

有遊客在跟冰刻的吧台和吧台裡的調酒師合影，也有愛喝酒的遊客迫不及待地端起晶瑩剔透的冰杯，品嘗店裡的雙色酒。Absolute Icebar 散發著迷人的清涼，但是這一絲絲清涼的氣息卻絲毫褪不去我們這群客人滿懷的熱情。

我看到冰吧裡別出心裁的製作了幾幅藝術畫，不知道該稱為畫像還是該稱為雕刻，冰吧裡滿是藝術的氣息，那些剔透的冰磚帶給人無限欣喜的感受。我被冰吧裡散發出的冷氣包圍著，鼻子開始變得通紅，但卻絲毫沒有感覺到涼意。

突然感歎外面排著隊的一些客人，竟然可以穿著如此單薄的衣服在興奮中等待入場。如果生活的城市裡，有這樣一處四季開放的清涼之所，每當工作感到勞累、疲乏的時候，進到冰吧裡喝上一杯酒，滿身滿腦的累意、睏意一定都會被這些清涼之氣給稀釋掉，隨之而來的便是工作後興奮享受的心情罷！

我到吧台要了一杯伏特加，一邊品著酒，一邊看著周圍興奮狂舞的客人，每個人臉上都寫滿了興奮，甚至有人脫掉厚外套，赤著胳膊狂舞，引來一陣陣驚歎。真可謂，一個人的心情就能左右冷暖。心情愉悅，待在冰窟裡都會感到溫暖，心情失落時，哪怕沐浴在溫暖的陽光中都會覺得心冷。

在冷暖自知的世界裡，想要保持一顆感受溫暖的心，就要學會為自己的心找一處「清涼」之所——在志得意滿、春風得意時，想想過往的艱辛，就不會被讚美的熱浪燒昏頭腦；在煩惱失意時，想想未來成功的喜悅，就不會被一時的挫敗弄得心灰意冷。

感受生活，享受幸福，親近上帝的美意，原來 Absolute Icebar 已經幫我給出了答案。

心靈慢活

• 來到瑞典斯德哥爾摩，除了冰吧不容錯過，愛利信球形體育館的天空景色服務也不容錯過。坐在一次能容納十六人的玻璃球體中，繞著球形體育館的外部觀光，盡情享受斯德哥爾摩的壯麗景色，哪怕再疲憊的心靈也都會被這新奇的「旅程」所吸引。

• 從 Kaknästornet 電視塔俯瞰斯德哥摩爾的景色也很美，塔周的景色也是愜意迷人，晚上，徜徉在夜色闌珊的美景裡，喝一杯夜酒，聽一首當地民謠，在異鄉感受一場如度週末般的輕鬆愉快的出行，人的心靈彷彿得到了某種照顧和解脫。

二〇一二年八月

芬蘭浴，肌膚的奇妙之旅

這些表面的各種寒暖就像我們身上穿著的衣服，將這些衣服解開，享受一場三溫暖，享受一場真誠，沒想到換來的是如此舒心與開懷的大笑。

人在芬蘭，不去感受一場芬蘭浴，將是多麼缺憾的一件事。

想到以前在台北唸書時跑北投享受溫泉，那種刺激、滿足的感受，讓我對芬蘭浴產生了迫不及待的熱情。走進芬蘭，看到最多的還是那些矗立在湖畔路旁各式各樣的三溫暖房，芬蘭的三溫暖房比比皆是，據說在這個僅有五百萬人口的過度裡，平均三～四個人就享受一間三溫暖房。

在國內泡完溫泉一樣可以享受一場三溫暖的歡暢旅程，但是國內的三溫暖往往帶著一種貴族化的氣息，不與人親近，芬蘭的三溫暖則不然，它就像芬蘭人的日常飲食一樣必不可少，它的平民氣息讓人覺得是一種親近的享受。

被人親近總是愉悅的，我居住在芬蘭一家家庭旅館裡，說是家庭旅館，實則是旅館主人在鄉下的一間別墅，別墅後面是一片鬱鬱蔥蔥的森林，旅館侍從跟我說，後面的那片樹林的許多樹木都是旅館主人親手栽種的，休閒的日子，種種樹木，做些有意義的事，打發無聊寂寞的時光，是一件多麼美的事！

別墅門前有一條石子路是可以通向一個小碼頭，碼頭下便是靜靜流淌著的湖水，放眼望去，可以看到碼頭邊建著兩間松木屋，合著湖水，看起來如此恬靜。那兩間木屋就是所謂的三溫暖房了！

我和隨同來的幾位客人一早就嚷著要享受芬蘭浴，旅館侍從將我們帶到這裡，三溫暖房被分成了兩間，一間是男士專用，一間是女士專用，聽說這是旅館主人為了照顧一些害羞的旅客特意做了性別的分開。芬蘭家庭泡芬蘭浴，一般不會忌諱性別，大家赤裸著一起享受一場酣暢淋漓的三溫暖，那是再自然不過的事。

我內心暗自慶幸自己能夠遇到這樣貼心的旅館。可是一想到進三溫暖房，大家彼此裸露著毫無遮掩——手裡的毛巾只是拿來墊坐的。想到自己的身體被陌生的眼睛看到，我的內心就一陣陣的緊張。

我抱著閉著眼睛豁出去的心態，隨著幾位女客一同進了三溫暖房，結果卻出乎我的意料之外，大家的心態顯得比我放鬆多了，沒有人會不禮貌地直盯著妳的身體。隨著一勺勺涼水澆到被燒灼得幾欲裂開的卵石上，小木屋裡頓時升起了一陣陣水蒸氣，帶著高溫將我們幾個女客的身體層層裹挾。

剎那間，我感覺到自己的心跳開始加速，久違的熱戀的感覺重新回到了我的軀體，皮膚下的血液加速流動，毛孔盡情地張開，渾身上下淋漓盡致的舒暢。

大家用浸了涼水的白樺樹枝拍打出體內排泄出的水分，隨著拍打聲陣陣，小木屋裡頓時充盈了一股清香味，大家沉浸在自我釋放和感受熱浪的情緒，我也不知不覺融入其中。過了十來分鐘，我隨著幾位女客一起奔向女區的湖水，火熱到清涼的感覺頓時讓人神清氣爽。如此反復，讓人感覺十分愜意和刺激。彷彿身體裡的汙濁都被這一蒸一拍一浸給沖洗沒了，自己又變成了潔淨之人。

洗完芬蘭浴後，旅館侍者給我們每人送來了一杯淡鹽水，以此來補充體內流失過量的鹽分。原本還很陌生的我們，經過芬蘭浴這麼一次赤裸坦誠的相對，倒變成了無所不談的好姐妹，大家拿起鹽水杯來了一個盛大的乾杯歡呼，歡笑寫在每一個人的臉上……

忙碌的工作節奏和人與人之間的爾虞我詐，往往讓我們在休閒之餘忘記卸下與人相處的擔憂，久而久之，身邊不再有真誠的面孔，取而代之的則是表面的客套寒暄，這些表面的客套寒暄就像我們身上穿著的衣服，將這些衣服解開，享受一場三溫暖，享受一場真誠，沒想到換來的是如此舒心與開懷的大笑。

忘不掉二〇一二年八月期間在芬蘭感受的三溫暖，那裡有我一直在尋找的舒適、放鬆，更有我一直在苦苦找尋的真誠、純潔……

心靈慢活

- 芬蘭素有千湖之國之稱，洗完三溫暖後，最適合頤養性情也最讓人動情的的地方就是湖邊了，在湖邊垂釣，或者看著孩子們嬉戲，或是看著遠處粼粼的湖面發呆，都讓人備感輕鬆和愉悅。
- 在芬蘭，洗完芬蘭浴的客人還可以喝著啤酒或各類飲料，自助式的在三溫暖爐上烤香腸、雞翅、牛肉等食物，洗完澡後細細享受一番自烤的食物大餐，可謂是愜意至極！

二〇一二年十月

丟失在布魯塞爾大廣場

喜歡那座廣場，是因為它著實太美，美得彷彿中世紀歐洲的古典貴婦，美得好似那秋蟬晶瑩剔透的羽翼，美得堪比貝多芬指尖流淌的「給愛麗絲」。

二〇一二年十月七日，我來到了比利時，走入了布魯塞爾大廣場的世界，在人潮中任思緒翩躚，在行走中任細雨斜飛，所有愛與美的回歸就這樣輕輕落在了髮絲間。

十月的布魯塞爾充斥著漫天的小雨，出門的時候最好隨身攜帶一把傘。然而這點點帶著冷意的小雨卻依然無法阻止我漫遊布魯塞爾大廣場的興致。

喜歡那座廣場，是因為它著實太美，美得彷彿中世紀歐洲的古典貴婦，美得好似那秋蟬

丟失在布魯塞爾大廣場
2012年10月

晶瑩剔透的羽翼，美得堪比貝多芬指尖流淌的「給愛麗絲」。旅居布魯塞爾的日子裡，我總是習慣在轉念想起的時候，奔赴廣場，享受一場突如其來的盛宴。

布魯塞爾大廣場無時無刻不在遊人的拍照中、政府官員的呵護下、布魯塞爾人民的勤勞汗水裡繁衍著自己的命運和生氣。它的每一天，每一時，每一秒，都是一場盛宴，歡送疲乏的客人歸去，等待來此漫步的新人加入。

記得初見布魯塞爾大廣場時的情景，穿過居民區，視野逐漸由狹窄變為開闊，映入眼簾的是中世紀歐洲各種美妙的建築，教堂、禮拜堂、鐘樓、各行各業的辦公大樓。廣場上飄著咖啡和巧克力的香氣，沐浴在這些香氣中，觀賞身邊那些歌德式、巴洛克式等不同風格的建築，讓我有種如置身童話世界的錯覺。

布魯塞爾的生活是種慢，在這裡，早上大可安心地睡場懶覺，十一點前後作為一天的開始，那時候的廣場開始喧囂沸騰起來。如此安逸舒適的生活，就像夢中的溫柔鄉，在午後時分，可以懶懶地點上一杯咖啡，坐在咖啡店靠窗的位置，一邊品嘗著咖啡，一邊瞭望廣場的景致。

布魯塞爾大廣場的右側是一座風格獨特、恢宏雄偉的古代弗蘭德歌德式建築，那便是傳說中的布魯塞爾市政廳，市政廳上面的廳塔上塑了一尊高約五公尺的布魯塞爾城的守護神聖蜜雪兒的雕像。整個高聳的塞爾市政廳在天空這塊幕布的掩映下，帶著幾分空靈的氣息，讓我聯想到了童話故事中被雨雲籠罩的歐洲古堡。

與布魯塞爾市政廳相鄰的便是著名的天鵝咖啡館，它曾經是馬克思和恩格斯居住和工作過的地方，馬克思在這裡寫出了《共產黨宣言》、《哲學的貧困》等等一系列優秀的作品，與天鵝咖啡館相鄰的另一側便是法國著名作家維克多．雨果的公寓。想到雨果，不禁想到這位文學家對布魯塞爾大廣場的溢美評價：「歐洲最美的廣場！」

這裡瀰漫著濃郁的市井氣息，市民、遊客穿梭於此，各種酒吧、海鮮店、咖啡館、鮮花店、服裝店、禮品店，不勝枚舉。徜徉在布魯塞爾大廣場的優雅歲月中，不知不覺會喜歡上這裡的任何一個日出日落。閒散的時光就這麼在鹹淡交替的時光中嚼出了滋味。

每當自己置身在布魯塞爾大廣場的世界裡，看著周圍不斷擦肩而過滿是幸福的面孔，我的心就會被一種帶著好奇、羨慕的感覺填滿。我好奇這些面孔背後是遇到了怎樣幸福的經歷，我羨慕這些面孔帶著春風得意、志得意滿的標誌，他們是充實的，而我，卻在白天的幸福過後不期然地迎來夜晚的空虛。

和別人同享一片藍天，各人卻有各人不同的幸福感知度，為什麼有的人能夠整天充溢在幸福裡，有的人卻在短暫的幸福過後等來了漫長的空虛與失落？

只是一味享受的享受，就好比，喜歡吃糖的孩子一味吃糖，最後喪失了對甜的感受。

如果想要獲得充實的安逸，必須讓自己勤奮起來。

我彷彿看到了恩格斯和馬克思在天鵝咖啡館，喝著咖啡，探討共產主義道路的情景；我彷彿看到了雨果在廣場上一邊行走一邊沉思的姿態……

在安逸中的清醒最發人深省，該以怎樣的姿態繼續上路，坐在這間帶著布魯塞爾優雅、精巧氣質的咖啡館中，我對自己的心突然有了交代。

心靈慢活

- 每隔兩年的八月裡，布魯塞爾大廣場就會迎接「鮮花地毯節」，滿地的鮮花將廣場上的花崗岩地面全部覆蓋，這裡變成了花的海洋，花兒引來各種鳥兒，布魯塞爾廣場又變成了花與鳥的天堂，充盈在節日中的大廣場，四處散發著關於美好的「傳單」。
- 來到布魯塞爾大廣場，在天鵝咖啡館一個安靜的角落，品讀雨果的《悲慘世界》或者是《小拿破崙》，或者是《一件罪行的始末》，會讓你在文字的感受中更加親近布魯塞爾。行走中無法忘懷的，常常是那個閱讀的午後。

二〇一三年一月

笑看西門町360度風景

有時候，嗅覺不僅可以洗滌憂傷，還能夠放大你的歡樂。

二〇一三年一月七日，永遠忘不掉這個在我生命中很值得紀念的日子，那天的雲很淡，風中有向我揮手的夾竹桃。兩年兩個月前我向公司遞交了辭職申請，在兩年前的今天終於有了回音——我終於「失去」了那份工作，也終於自由了！

兩年來，我像一匹脫韁的野馬，歡快的在路上奔跑、跳躍，任憑著感覺牽引著自己去到任何一處地方。為了紀念自由兩週年，我從新加坡樟宜機場飛到了台灣桃園國際機場，回到了我的值得懷念的大學青春歲月，然後，我走到了臺北最熱鬧的場所西門町。

我被西門町的熱鬧牽引而來，輕車熟路的，就像假日裡和友人如約而至，在小店裡品一

繞看西門町360度風景
2013年1月

杯咖啡，或在街巷口買一束鮮花。西門町就像一個頑皮的孩子，在熱鬧中舒展自己的筋骨，陽光、開朗，帶著對情緒的無知，自顧自的嬉鬧。

我在人群中行走，遠處的西門紅樓，像一座美妙的珊瑚城堡，比往昔多了幾許驚豔之美。我想像自己是人流中一尾俊逸的魚，我想像自己游入了浩瀚無垠的大海，我想像著一條小魚重獲自由的歡欣，輕鬆的、恬淡的、綿遠的……

突然想起H和我漫步西門町時，她感觸：「不管是帶著憂傷的心情還是快樂的心態走進西門町，它都會將你的情緒消融進它的繁華裡，讓你在它的胸懷中逐漸平復、開朗起來。」不同的人眼中自然會有不同的「西門町」，它的人潮攢動，它的店舖林立，有的人會因此認為它是時尚繁華的集合地；它的電影繁華，它的奇蹟眾多，有的人會因此認為它是發掘明日之星的背景舞臺。而西門町在我和H的心目中，都是活生生的一個人，所不同的是，我眼中的西門町是個活潑的孩子，H眼中的西門町是位寬容的母親。

即便如此，在多少代遊人的形容和描繪下，西門町卻始終保持著它隨心所欲的生活姿態，在繁忙中繼續塑造歡樂的景，在變化中繼續營造歷史的潮流。不管是在峨嵋街，還是在西寧南路，在西門町的任意一條小街漫步，你都能夠感受到它恣意縱情的情懷。

可以恣意購物，可以恣意遊玩。

在這裡你會有許多驚喜的發現，也許是一碗「阿宗麵線」，也許是一間潮流小店，也許是誠品書店，也許是一片美妙的塗鴉……

在西門町漫步，往往會不期然地遇到各種極其富有創意的彩色噴繪，這些噴繪肆意揮灑青春，縱情揮毫夢想，或大氣神秘，或陽光靈動，或溫馨甜美……卷閘門上、木頭圍欄、牆角、塗料桶、石板……隨心所欲。

私下裡，我曾暗暗喜歡過這樣的生活姿態，恣意縱情地宣洩，隨心所欲地漫步。不會因為明日的工作彙報而焦慮不安，不會因為流逝的週末而抱怨時間過得飛快，也不會因為害怕次日起不來而在西門町的酒吧裡，端著酒杯，惴惴不安。

回首往日趕路的匆忙，多少時候能夠如今天這般和自由擁吻？

回首往日的辛勤上班，做不完的工作是自己給自己套下的枷鎖，沒有人規定女人一定要事業有成，就像沒有人規定一個人不可以隨心所欲地活！

隨心所欲地工作，隨心所欲地行走，隨性所欲地戀愛，甚至隨心所欲地嫁給一個男人。

威・柯珀說過，只有自由才能給易逝的生命這朵鮮花賦上光豔和芳菲。西門町洋溢的自由氣息讓它在隨心所欲的每一天裡都顯得「光豔和芳菲」，帶著青春活力，日新月異，於是，西門町有了360度的美妙生命，有了365天的誘人風情！

我們何嘗不能擁有這樣的風情，就看我們自己願不願意。那些工作時候的社會身份、社會地位和需要注意的禮儀，此時已經被我扔到了「爪哇島」。

在從西門町返回飯店的路上，我昂著腦袋，甩著大步，路上的行人紛紛向我側目。

心靈慢活

・許多臺灣偶像劇經常會選擇在西門町取景，各種新片發佈會也會選擇在人流量大的西門町舉辦，在西門町漫步，常常可以與各種武俠片、愛情片、搞笑片甚至是音樂樂團各類精彩紛呈的宣傳表演不期而遇，讓你過足現場觀摩的癮。

二〇一三年三月

春寒賜浴北投泉，溫泉水滑洗凝脂

這一刻，我竟莫名地感恩起來，感謝這一池溫泉水，洗盡了我一路的浮躁與風塵僕僕。

三月三泡溫泉，會讓人有種「洗盡前塵俗事，今生世事重新來」的錯覺。尤其是在北投，溫泉水氣氤氳的地方，如仙似幻，一恍惚間，常常讓人不知身在何界。

日曆翻到了二〇一三年的三月三日，才剛從歐洲回到新加坡沒多久，我又來到了台北，坐上了從臺北市到北投的捷運，來到了新北投。新北投的大街上四處可以看到各種各樣泡溫泉的廣告，有室內溫泉，也有露天溫泉。我選擇了一家正宗的日式溫泉會館，露天的，可以在天與地的懷抱中徜徉，我便覺得幸福。

三月裡這家溫泉會館的生意還算不錯，有像我一樣趕來泡湯的國外旅人，有從大陸來北投旅遊的遊客，也有台北前來消磨時間的長者，大家身後灑落一地的歡笑，讓我想起了小時候去游泳時的場景。

來這裡泡湯的客人可以自行選擇適合自己的湯。會館提供了白磺、青磺、鐵磺三種湯，我選擇了白硫磺湯，顏色呈奶白，俗稱「牛奶湯」，水溫在45攝氏度左右。泡湯的客人們都是先在木凳子上坐著沖澡，這是日式泡湯必不可少的程式。

原本在寒風中瑟瑟裸露的身體一被這溫暖的溫泉水包裹，頓時感到前所未有的溫暖。有的人一下溫泉就像隻快樂的鴨子，雙腳拍打著水面，激起一陣陣水花；有的蹲踞在水中央，讓泉水一直浸泡到頸項；有的三三兩兩靠在岸邊一邊泡著湯一邊聊著天；我仰著腦袋，任溫泉水的浮力將我托出水面，放鬆的，寂靜的……

仰頭，可以看到嶙峋的樹幹和零星的幾顆星星，眼前是騰騰的水氣和一同泡湯遊客的私語。

夜的靜帶來了心的靜止。

大家在此刻忘記了塵世奔波的勞累，內心都被這蔓延四溢的靜止感染著，沒過多久，竟連私語都變得寥寥。

水的浮力好像能夠卸掉大家肩頭的責任、壓力和負擔，肌體浸泡在溫暖的泉水裡，思維也得到了片刻的閒暇，可以什麼都不想，也可以什麼都想，任由思緒天馬行空。

池子的圍牆上寫了泡湯原則「每泡十五分鐘上岸休息十分鐘，反覆六次為一個療程」。所以每泡一陣子，大家都會陸續上岸休息一會兒再繼續。

泡好溫泉後，大家陸續到室內一個冷水池中泡冷水，據說這樣才能產生瘦身健體的療效。面對這一池冰冷的水，我不禁哆嗦了一下，最後還是閉著眼睛，撲通一聲，跳進了冷水池。

我以為我會冷得立馬從池子裡爬上岸，然而，當我從冷水中探出頭來時，一種前所未有的清爽襲遍了我的全身，如此奇妙的感覺，恍若一場肌膚的新奇之旅！那是有別於在溫泉中慵懶、舒適，它的清醒、寒冷刺激著我的每一根神經，好似要將人從浮沉的幻想中喚醒一般。

我們人的感受力何嘗不是如此？都喜歡溫暖的感覺，都討厭冷水的浸透，尤其是被他人潑一瓢清冽冽的冷水，從頭涼沁入腳。然而，能夠戰勝生活中的萬難，一往無前者，卻不是那溫柔鄉走出的紈絝子弟，而是那被冷雨屢屢待見的倒楣蛋。

一瓢冷水，能夠讓迷亂的大腦得到警醒，能夠讓長久在頌揚懷抱中享受精神安逸的軀體重新面對現實的嚴峻。

溫泉固好，卻不及那一瓢冷水來得暢快啊！

「好冷啊！可是好爽！」

「也只有從溫暖中走出來才能真切體味到到這池子水的冷！」

我跟身邊一位北京來的叫米怡的女孩交談著彼此的感受，有如故人相遇，說個沒完。在一個人的行走中，總會不期然地遇到和你志同道合的人，陪你聊聊天、喝杯茶，或者看一下午的風景，這些旅途中的美好，可遇而不可求，它們就像衣服上一顆用來裝飾的金色鈕釦，在溫暖中散發著它迷人的光芒。

帶著美好的回憶分別，也帶著生活中那一池冷水的徹骨感悟，跫跫的足音將我的背影悄悄溶進了臺北二〇一三年三月春寒料峭的夜色中。

心靈慢活

‧在北投公園欣賞「地獄谷」，別有一番情趣。地獄谷的溫泉水從石縫中湧溢而出，沸沸騰騰，匯成一池水域，終日裡水氣彌漫，宛若仙境，若想一睹地獄谷的芳容，還得等到清風拂過，霧氣消散。當你沿著池邊漫步時，最好打上一把傘，防止樹上凝成的雨滴將你的衣衫打濕。

‧距離北投溫泉不遠的金山鄉水尾村，有一處特別的溫泉水，傳說清同治六年的金山地區發生了一次大地震，其南部有磺泉湧出，從此得名「金山溫泉」。金山溫泉水溫約攝氏六十～八十度，附近是風沙帶，溫泉水呈赭色，能治皮膚病、腸胃病和婦女病等。一池能治各種病症的溫泉水，便是上帝賜給人類最好的禮物。

• 區發生了一次大地震，其南部有磺泉湧出，從此得名「金山溫泉」。金山溫泉水溫約六十～八十攝氏度，附近是風沙帶，溫泉水呈赭色，能治皮膚病、腸胃病和婦女病等。一池能治各種病症的溫泉水，便是上帝賜給人類最好的禮物。

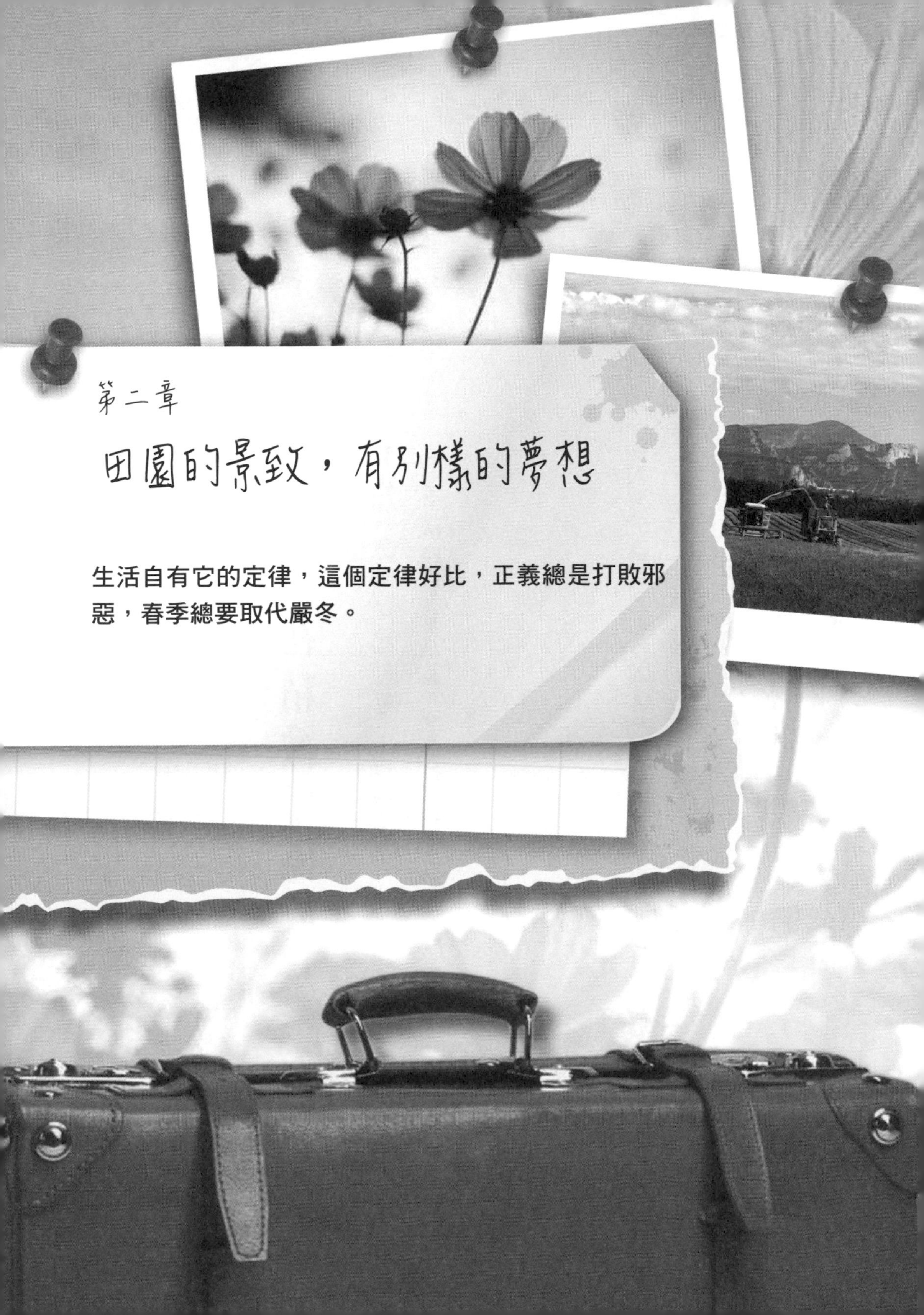

第二章

田園的景致，有別樣的夢想

生活自有它的定律，這個定律好比，正義總是打敗邪惡，春季總要取代嚴冬。

二〇一一年一月

義大利篇（上）：玻璃島——在精緻中盛放

我突然想起了父親送母親的玻璃髮簪，母親每用一次都是那樣的小心翼翼，十幾年過去了，那支玻璃髮簪依然如當初新買的那樣完好。

二〇一一年一月的一個浪漫的清晨，我從義大利威尼斯乘船來到了穆拉諾島，即傳說中的玻璃島。顧名思義，威尼斯的玻璃工廠都集中在了玻璃島上，據說這裡的玻璃製品都是手工製造的，我懷著無限的好奇來到了那座神秘的小島。

玻璃島延續著威尼斯水城的風光，一路海天相接的亮麗景色讓人心曠神怡。在這樣的小島中環遊，彷彿旅途疲勞這樣的詞彙是不曾有過的。一邊欣賞一邊玩味這裡的景，行走一天

2011年1月

都不曾覺得累。

在威尼斯水城的時候，大街上同樣兜售著各式各樣的玻璃工藝品，許多玻璃工藝品上都製作得特別精緻，手中把玩著這些美好的玻璃製品，總是忍不住感慨，這些玻璃藝術品是怎樣製作成的呢？來到玻璃島，參觀穆拉諾玻璃廠，觀看玻璃大師們現場如何吹製玻璃製品，我的好奇心被極大滿足的同時，也升起了對這些民間藝術家的欽佩之情。

來到玻璃島，不論你走進任何一家玻璃工廠，都能看到經驗豐富的玻璃師傅製作玻璃製品的全過程：手拿一根長長的鐵管，將一頭插入燒得通紅的火爐裡，取出已經熔化的玻璃漿後，一邊對著鐵管的另一端吹起，一邊用鐵鉗子夾著黏稠的玻璃漿提拉、彎曲成各種形狀，僅僅十來分鐘的工作，一件栩栩如生的玻璃工藝品就在師傅們手中完成了。

這些玻璃工藝品的製作往往給人一氣呵成的感覺，別看製作過程玻璃師傅們不費吹灰之力，實際上這樣精湛的技藝是需要十幾年甚至幾十年才能夠練就，而玻璃島上製作玻璃工藝品的這些手藝，一般都是世代相傳，從不外傳的。

俗話說「藝術源於生活」，這些美妙絕倫的工藝製品雖然說是玻璃島上玻璃師傅們用來謀生的產品，但是每一件玻璃製品的製作都融匯著他們豐富的想像和對色彩的掌控。這些源自於生活的玻璃藝術品，在我眼中反而比單純追求藝術的藝術品更值得青睞。

玻璃島上的玻璃工廠基本上都採取了前廠後店的模式，這樣便於外來遊客在參觀完玻璃工藝製造後，順便在店裡買上自己喜歡的玻璃製品作為留念。我在參觀完玻璃師傅製作玻璃製品後，便尾隨著工廠裡的一名員工去參觀他們的「產品陳列室」。

「產品陳列室」出乎我意料之外的美，彷彿置身於五彩繽紛的玻璃海洋裡。這裡的每一件玻璃製品都在精緻中綻放著屬於自己的美好，獨一無二的。我看到了色彩斑斕的玻璃馬、玻璃畫、玻璃小丑、玻璃水族箱、玻璃吊燈、玻璃掛鐘、玻璃餐具……玻璃的世界，晶瑩剔透，彷彿是置身於俗世外另一個冰清玉潔世界的存在。

畢竟是易碎品，每每在拿起一件玻璃藝術品的時候，都顯得格外小心，就像在呵護一個新出生的嬰兒。我突然想起了父親送母親的玻璃髮簪，母親每用一次都是那樣小心翼翼，十幾年過去了，那支玻璃髮簪依然如當初新買的那樣完好。

生活中，那些精緻的美好，往往需要我們更用心的去呵護。

我突然明白，母親十幾年來一直小心翼翼呵護的，不只是那支玻璃發簪，更是父親對母親濃濃的愛意。回想自己這些年來，總是一邊抱怨感情像玻璃般易碎，一邊粗心大意地粉碎自己的愛情，殊不知，易碎的美好，是可以用「用心呵護」來保存的。

看著「產品陳列室」裡，那些被盡心呵護、保存完好的玻璃工藝品，我彷彿看到了自己的愛情，像這裡的繽紛奪目的玻璃，在精緻中盛放開來……

心靈慢活

- 玻璃島上有許多諸如「羅密歐與茱麗葉」、「王子與公主」之類適合情侶相送的玻璃工藝品，帶著許多對愛情美好的期許。在這座玻璃神話的小島上，為自己的愛侶精心挑選一份玻璃工藝品，感受挑選玻璃禮品時，自己像呵護愛情那樣小心翼翼，你會感覺到自己對對方的愛有多麼真摯和用心。
- 在玻璃島環島的水岸邊上，有許多當地人開的露天咖啡店，中午的時候，坐在水邊，曬著暖陽，品嘗一杯咖啡，聽著音樂，看水裡時而遊過的小船，做自己喜歡的事——翻一本雜誌，看一本小說，或者記錄一天中遇到的美好人事，將是多麼愜意的一個閒暇的午後。

二〇一一年一月

義大利篇（下）：彩色島——油畫裡的風景

彩色島有鄉間的寧謐和祥和，有著童話的浪漫和溫馨，也有著漁港特有的寬容和溫潤。

義大利彩色島距離玻璃島並不遠，在玻璃島閒逛後，我便乘船前往彩色島。二〇一一年一月的彩色島美得好比一幅油畫，豔麗的色彩儼然沒有冬天來過的氣息。

從小就對色彩有著強烈愛好的我，對這裡的一房一樹產生了濃厚的興趣。從來沒有這樣一座島，在看第一眼的時候，即可擄獲了我的心。遇見彩色島，彷彿讓我遇見了自己久違的童年，和童年裡那塊畫板……

油畫裡的風景
2011年1月

彩色島原名布拉諾島，整座小島徜徉在遊人的腳步中，極為悠閒和安詳。看慣了大城市中忙碌穿梭的身影，看多了大城市中車水馬龍的擁擠，不妨讓自己蒙塵的心到這裡來透透氣。彩色島有鄉間的寧謐和祥和，有著童話的浪漫和溫馨，也有著漁港特有的寬容和溫潤。

島上的居民幾乎都是漁民的後代，把這裡比喻成隔世的漁村再好不過！小小的漁島，拋開工廠的烏煙瘴氣，拋開俗世的爾虞我詐，靜靜地停駐在歲月的河流裡。手工蕾絲製品和面具是彩色島的特色，島上的居民以出售這兩樣特色產品為家庭的主要收入。來到這裡，你可以選上物美價廉的蕾絲杯墊、桌布、嬰兒圍兜等等，可以買到新奇創意的彩色面具留著參加朋友們的 party、舞會。彩色島帶給遊人太多關於美的憧憬。

有人把彩色島比作威尼斯的「童話島」，一點都不為過。初登小島，放眼望去，除了如威尼斯水城，被水帶環繞之外，這裡的房子每一幢都被刷上了豔麗的色彩，紅房子、綠房子、藍房子、黃房子、紫房子……五顏六色的房子讓人如夢似幻。

在島上漫步，抬頭低頭間，總會不經意的看到各家各戶窗臺上擺放著各類花卉盆栽。難以想像這裡的居民，在選擇窗簾的花色都那麼細心，窗簾的色調、花盆或者鮮花的色澤與房子的顏色恰到好處的互相映襯，展現在人眼前的是一種色調搭配的和諧美。

這裡的每一幢房子，每一處景，每一個角度，在我眼中都是天然立體的一幅油畫。美得讓我想就這麼停下腳步，停在這座島上，看日出日落，守候幸福的到來。

如果遇到心情不好，來彩色島走走吧！這裡將是能排遣心情的最佳地點。在心情失落的時候，眼前出現大片亮麗的色彩，看到窗臺上種植著滿是綠意的盆栽，看到跟你擦肩而過的行人或微笑或悠閒的容顏，心中淤積的愁緒也會像那空中的雨雲，在傾盆大雨過後，變得清亮無比。

據說彩色島上的居民每年都會按規定刷新一次自己家的房子，富有想像和熱情的彩色島居民於是按照自己喜歡的色彩粉刷自己家的房子，相連兩戶人家的房子色彩都是不相同的。這些年年被粉刷一新的色澤亮麗的房子在陽光的照耀下，尤其顯得生動斑斕，每一幢老房子在粉刷的作用下，年年換著嶄新的容顏，這裡的房子沒有蒼老，就像這裡的居民，笑容中永遠找不到歲月的痕跡。

站在小巷間欣賞沿途的色彩，我突然明白，其實心情也是需要粉刷的，就像這裡的房子，想要保持鮮豔的色調，每年就要為自己粉刷一次。在生活中，任何事情不管有著多麼浪漫、熱情的開始，隨著歲月的磨耗，總會變舊，變斑駁，這時候，與其在捨不得丟棄與膩煩厭倦中糾結，不如選擇重新粉刷自己的心情，尋找新鮮的色彩。

想要永保當初的浪漫與熱情，其實不過是需要定期粉刷一下心情，如此簡單而已。

心靈慢活

・彩色島儼然一幅幅油畫拼成的世界，帶著相機，在彩色島上走走拍拍，拍一幅「靜物畫」，拍一幅「人物畫」，或者拍一幅「出航圖」，這裡的景色將是你眼中最好的模特兒，而每一張照片都會給你帶來色彩上的欣喜。

・在彩色島享受愜意時刻，可以選擇一家靠著水岸的餐廳，點上一盤墨魚麵、一份什錦海鮮，一邊咀嚼著海島上的美味，一邊看著路邊形形色色的過客，心情會在自在朵頤的歡樂中不知不覺填滿愉悅的色彩。

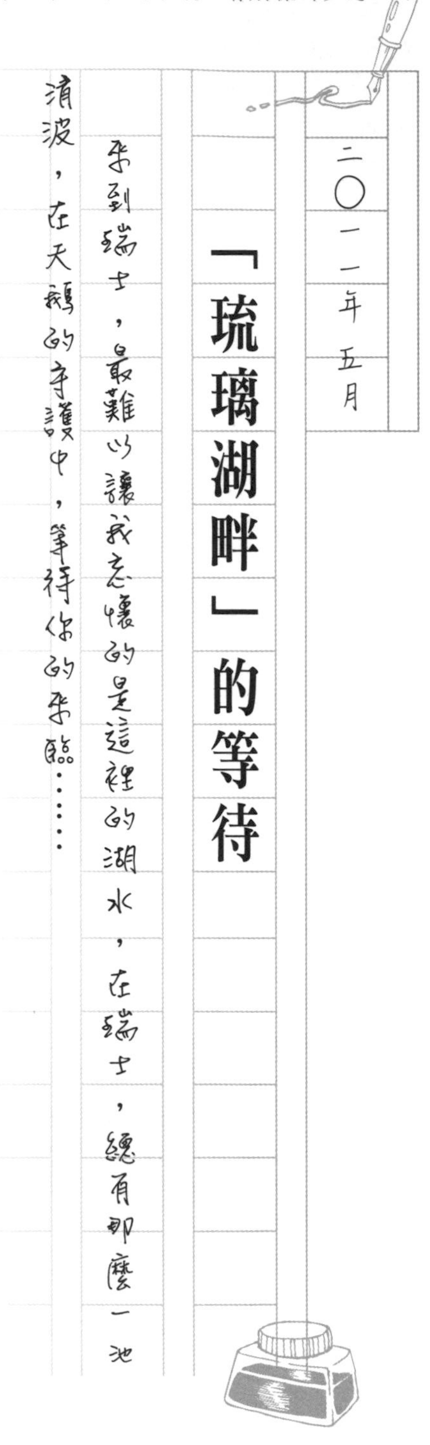

「琉璃湖畔」的等待

也許，歐洲最能怡情的地方就是瑞士，這裡的湖光山色早已聞名遐邇，甚至雪山帶給人們的都是清新亮麗的記憶。

二〇一一年五月十二日，我乘著列車，抵達瑞士琉森。琉森彷彿是瑞士風景的濃縮版，那彷彿被洗滌過的藍天，像藍寶石一樣映襯著每一個遊人的心。除了在青藏高原上看到過這樣湛藍的天色，就是在今天的瑞士，這樣的藍，看得我的心情都變得乾爽起來。

琉森位於瑞士中部，據說很早之前，這裡只是個小小的漁村，沒想到現在卻發展成了瑞士最著名的旅遊度假勝地。琉森的樓房建築倒影在湖水中，這是一座與湖水有著不解之緣的城市。凡是有湖水流淌的城，總是給人一種寧謐、祥和的感覺，琉森就是這樣一座充滿了寧靜溫和色彩的城市。

一個人走在琉森的街區中，享受一番穿梭的樂趣。

行走在沒有人認識的陌生的街巷裡，身心是放鬆的，彷彿全身上下每一個毛孔此刻都在享受自由的呼吸，這裡的空氣太清新，所有的空氣分子都經過過濾似的。每一個陌生的城市，都給我的生命帶來了全新的活力，每每輾轉到一座新的城，我的心都會沒來由的感到欣喜，就像小時候到遊樂場，每玩一種遊戲前總是抑制不住地緊張、好奇和興奮。

我沿著街區漫步著，不知不覺走到了琉森最著名的卡貝爾廊橋，這座古老的木結構橋樑長達兩百公尺，連接著盧塞恩湖與羅伊斯河。行走在廊橋上，正好斜陽西下，落日的霞光斑駁地映射在清澈的湖面上，彷彿給湖面披上了一層霞衣。

廊橋每隔幾公尺的橫楣都懸掛著一幅圖畫，這些美麗的圖畫用無聲的色彩向我們這些遊客講述著關於琉森和瑞士的歷史。走在這樣長的木結構老橋，我還是頭一次，心情顯得異常激動。抬頭欣賞橫眉上的圖畫的同時，我看到廊橋頂上的木頭縫隙中竟然生長著一層淡綠色的苔蘚，這些淡綠色的苔蘚就像油畫師的妙手傑作，讓整座廊橋充滿了大自然美妙的情調。

廊橋的頂部常有飛鳥停駐其間，也許牠們是飛累了停下來休息，也許是牠們特地趕來站在這裡觀看湖光山色中的落日。廊橋彷彿融入了自然的景中。

我戴上耳機，選擇了一首輕音樂。站在廊橋邊緣，可以看到四周美麗的山色，然而最引人注目的是湖面上自由游弋的天鵝，有的在濯洗羽毛，有的在四處張望，完全一副悠然自得、不畏懼人的樣子。天鵝和人的和諧共存，讓眼前整片湖水洋溢著脈脈溫情。

我想起了班得瑞（Bandari）的《琉璃湖畔》，正是這樣自然、溫情的湖泊山色給予了他那些美妙的音符。當我親眼看到這些曾經從班得瑞的音符和記憶中走出的景色時，我的心融化了，融化在這裡的雪山碧水間，也融化在這座城每一處細微的感悟裡。

在熟悉的城市中生活，每隔一段時間，就會心生厭倦，開始抱怨日子枯燥，每當這個時候，我總是找不到可以排解心情的方法，今天走在廊橋上，我的眼前豁然開朗。心情煩悶的時候，不妨出來走走，走過一座陌生的城市，走過一座陌生的橋，發現一處陌生的景，也許在轉身的剎那間，就會在不經意中發現自己在生活中遺失的美好。

心靈慢活

- 廊橋湖邊是另一個休閒遊樂的好去處，那裡經營著許多咖啡館、餐吧，還有許多露天的雅座。在風和日麗的早晨，來到這裡尋一處雅座，一邊曬著太陽浴，一邊吃著美食，一邊欣賞湖面上自由嬉戲的天鵝，享受人與天鵝和諧共處的自然畫卷，所有俗世的繁瑣都將在此刻此地消匿蹤跡。
- 在琉森，晚飯過後沿著河散步也是一種享受，這裡有沿河而建的古老而優雅的建築，一路欣賞這些古老建築外牆上形形色色的壁畫（琉森老城許多樓房外部都畫著壁畫），看著沿路這些建築倒影在波光粼粼的水面，耳邊聽著附近店裡傳出的異鄉音樂，心中會有說不出的愜意和滿足。

二〇一一年六月

夢裡夢外，小橋流水

夢裡夢外，小橋流水，你坐在船裡看風景，坐在岸上的人在看你，曾經是別人的風景，現在別人成了自己的風景。

如果想要別去塵世的喧囂，到烏鎮，再好不過。二〇一一年六月，我獨自一人來到了那片嚮往已久的水鄉，那裡有無以倫比的婉約情調，也有著江南特有的安逸與豐足。

浙江烏鎮，我們像是約好了一般，在一個特定的時光裡，我將夢中的場景與現實中的它，對接，然後便投入了它的世界中，成了一尾魚。

烏鎮，這座早已聞名在外的江南古鎮，被十字形的河流道切割成了東柵、南柵、西柵和北柵。不管是在烏鎮的任何一處，放眼望去，都可以看到沿河古樸的房屋，和那夢中的小橋流水，和那夢中擺渡的烏篷船……

看到水繞屋而過，內心就會莫名地變得柔軟。

不管你是多麼匆忙的過客，抑或是多麼健忘的遊人，到了這裡，這裡的青石板路，這裡的石拱橋，這裡的流水，這裡的天色，都會裹挾著濃濃的詩意住進你的記憶中。

到這裡，最愜意的一天，便是漫步在整齊的青石板路上，告別了大城市中忙碌的身影，遠離了大城市裡吵雜、喧鬧的聲響，靜下心享受一天的清新。品嘗路邊的烏米粥、蘿蔔絲餅、糯米糕點，隨意走進路邊的古代結婚展覽館、圖書館、染布坊，然後等待華燈初上，欣賞燈光在粼粼水波中相得益彰的美景，那便是人生最富足的一天。

我喜歡這裡不管是白天或者是夜晚的景色，喜歡這裡散發著古樸光澤的建築，喜歡船行水上的歡樂和帶著水氣的微風親吻雙頰的感覺，記憶中，那是媽媽濕潤的臉的觸碰。如果可以，我願意將我大把的時光拋灑在這片水鄉裡，就像每每沉浸在一個美好的夢境中，我總是久久不願醒來。

來到烏鎮，我常自問，為何這裡的景色，哪怕一盞普通的紅燈籠，一張普通的雕花木椅，在我的眼中都帶著熟悉的味道？一塊青磚、一抔稻土、一塊定勝糕，彷彿都飽含著一段陳年的往事。我是來看風景的嗎，還是自己本來就是這風景中的景？

沿著河道，乘坐烏篷船欣賞烏鎮的美景，每一個角度都是一幅山水畫。

耳邊是船槳吱嘎擺渡的聲響和水紋散去的靜寂，眼前是一片青色的水道和兩岸開張的酒吧、茶社。如果興致來了，停在任何一個碼頭，登岸走進沿河的酒吧裡，選一個靠窗的位置，點上一杯冰啤酒，一些特色小吃，喝著冰啤酒吃著小吃，坐著看河道上漂過的烏篷船。

夢裡夢外，小橋流水，你坐在船裡看風景，坐在岸上的人在看你，曾經是別人的景，現在別人成了自己的景。人生不都是這樣嗎？彼此是對方的景，彼此被對方感染著。在行走中，看到一張陌生的臉，帶著憂鬱的神情，總是忍不住要去揣度他曾經經歷的痛苦，但凡看到一張陌生的微笑的臉，總是沒來由地跟著扯開嘴角，回報一個真誠的微笑。

痛苦與歡樂常常是以基數倍數的形式散發，好心情源自於彼此的一個微笑。經常歡笑的人總是能帶動周圍的人一起快樂。想起周圍那些贏得大家好評的朋友，總是聚會時引得大家哈哈大笑，不管遇到多麼大的苦難，大家看到的，總是他那揚起臉來堅強而平和的笑容。

就是這樣一張時刻充滿笑容的臉，讓周圍的人跟著歡樂，讓周圍的苦難都變得雲淡風輕，也讓在世事艱難中生存的自己，變得足夠強大起來。坐在槳聲燈影中烏鎮的酒吧中，我想起了布雷默曾經說過的話——

「當我偶爾對人生失望，對自己過分關心的時候，我也會沮喪。也會悄悄的埋怨幾句老天爺。可是一想起自己已經有的一切，便馬上糾正自己的心情，不再怨歎。高高興興的活下去。不但如此，我也喜歡把快樂當成一種傳染病，每天將它感染給我所接觸的社會和人群。」

心靈慢活

- 烏鎮可以說是百步一橋，東柵的應家橋、太平橋；西柵的通濟橋、仁濟橋；南柵的浮瀾橋、福興橋；北柵利濟橋、梯雲橋等等。無論是站在哪一座橋上看風景，都是一番江南古韻。在烏鎮的石橋上斜陽漫步，一切俗世糾葛悄然卸下。
- 烏鎮西柵的龍形田，可謂是最具有鄉間氣息的景點。如果說烏鎮裡修葺過的古建築、石板路帶著人文的痕跡，那麼龍形田便是烏鎮中最天然、最淳樸的景色，這裡的稻米散發著秋天的芳香，這裡的稻草人總是帶著濃濃的鄉土韻味走進你的視野。

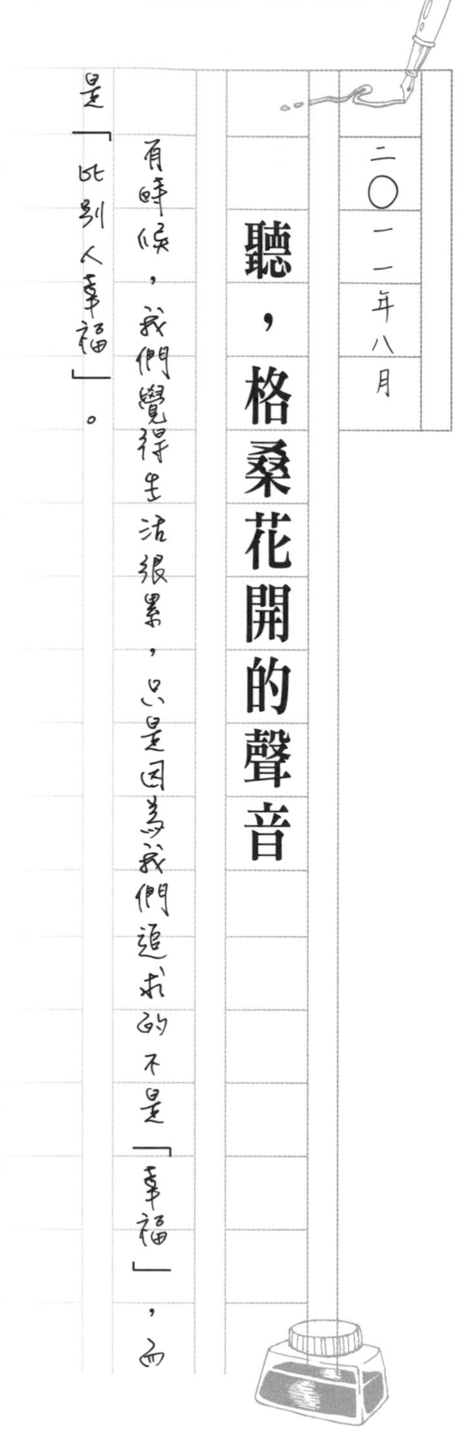

聽，格桑花開的聲音

二〇一一年七月寄居雲南麗江古城，八月行走到了青海西寧，沒想到在炎炎夏日的炙烤中忽然落入了一座清涼的城。

青海也屬於高原地區，這裡屬於少數民族聚集地，藏族、回族、撒拉族、土族、彝族、滿族等等少數民族的人民在這裡安居樂業。不同的民族帶來了不同的風情，多種民族風情的融合，使這座城市煥發出別具一格的風采。

在青海，最讓我難以忘懷的是青海湖之行，那裡的格桑花（註２）美得讓人動容，美得

聽 格桑花開的聲音
2011年8月

讓人久久不肯離去，身邊的遊人曾有人感慨道，真想住在這裡的湖光花色間，別去喧囂，別去愁緒。

美麗的景色往往讓人心生退隱之情，尤其是看慣了城市汙濁之氣、大樓林立、交通擁塞難堪、隔街徹夜喧囂的旅者，每每看到一處靜山靜水的美景，總是忍不住想要多留宿幾晚。

在這次行走中，幸運的我在西寧遇到了幾位志同道合的遊客，大家決定租車來遊覽青海湖，我隨著他們一起奔赴了那片草原人心中神聖的聖湖。

前往青海湖路上的景色太多太美，讓我們這些外地來的遊客都目不暇給了。倒淌河的蜿蜒清澈，日月山的青翠蒼茫，還有許多沿路一閃而過，叫不出名的，還沒來得及等人細細品味的高原景色，這些景色一閃眼間就被拋到了腦後，彷彿又在一閃眼間定格在了我的腦海中。

開車的是一位曾經去過青海湖的遊客，他看到我們沿途大聲感歎的樣子，笑著跟我們說道：「最美的景色還在後頭呢！」，他跟我們說，看到我們現在興奮尖叫的樣子，讓他想起了自己第一次進青海湖時的樣子。也許，每個初來青海湖的遊客都會經歷這樣一種被沿途美景征服的心情吧！

我們的車漸漸地駛入青海湖景區，大家顯得更加的興奮了！眼前一片一望無際的湖水，青青的碧波，純淨安寧，好似一塊巨大的翡翠，平日裡高遠的藍天，在青海湖畔彷彿觸手可及，遠遠望去，水邊的雪山清秀俊美，這雪山綠水藍天環繞的景色，把我們都帶入了高原景色妙不可言的境界裡。

有人對著青海湖，迎著青海湖拂面的絲絲涼風，唱起了《青藏高原》，那高亢遼遠的歌聲彷彿穿透了整個蒼穹，那嘹亮動人的音符彷彿變成了空中的雄鷹，沐浴在青海湖的美景中，用心傾聽一首粗獷的歌曲，我的心感受到了來自靈魂深處的震顫。

沿著青海湖，大家各自漫步其間，遠處的一片花海深深吸引了我。走進花海一看，好多玫紅色的小花兀自開得歡騰，粉的像霞，白的像雪，花間停了好幾隻漂亮的蝴蝶，置身在這花叢中，我儼然成了一隻小蝴蝶，跟周圍的蝴蝶共舞。

有人告訴我，這就是高原上盛開的格桑花，每當暴雨過後，這些格桑花會開得更加嬌豔。據說高原上的雨如冰水般寒冷，真難以想像這樣纖纖細枝擎出的花朵竟然是在飽受了一場又一場高原冷雨的洗禮後才傲放在這片高原上的。

我對格桑花升起了一股敬佩之情，看著它們在烈日下嬌豔的容顏，我彷彿看到了它們在風雨中倔強搖曳的風姿，彷彿聽到了它們在烈日下悄然盛開的聲響。在藏族人眼中，格桑花是高原上生命力最頑強、最普通的一種野花，它寄予了藏族人對美好生活的期盼。

也正是這樣一種頑強、普遍的野花，不與雪蓮比神聖，不與牡丹比富貴，它們獨自開得盎然，開得喜悅。看著青海湖畔大片盛開的格桑花，心中感到十分慚愧。活著，總該拿出活著的勇氣來，縱然沒有別人的富裕享樂，可是一樣可以擁有富足的笑顏。

感謝青海湖給我的人生送來這麼一片陽光爛漫的格桑花，在今後的人生旅途裡，每當我感到煩躁和低落，只要閉上眼，我就會看到青海湖沿途的美景，就會看到漫山遍野的格桑花，就會聽到格桑花開的聲音。

心靈慢活

- 青海湖的油菜花也是不容錯過的景色，置身在油菜花的海洋中，看身邊的蜜蜂、蝴蝶「鶯鶯燕燕」，會讓你有如置身世外仙境。這裡的空氣清新，這裡的人民純樸善良，如果要在青海湖附近的黑河宿居，還可以盡情享受青海湖美麗的日落景觀。
- 前往青海湖路過金銀灘草原的時候，別忘了在草原上歇歇腳，讓自己躺在寬闊的草地上，感受高原青草的柔軟和泥土的芬芳來到這片神奇的高原聖域，你還可以以騎著駿馬在廣闊的草原上馳騁，感受牧野的樂趣。

註2：格桑花：在藏語中，「格桑」是幸福的意思，「梅朵」的花的意思。所以格桑花又名「格桑梅朵」（藏語：skal-bzang me-tog）。它是一種生長在高原上普通花朵，看起來弱不禁風的樣子，可是風愈狂，它身愈挺，雨愈打；它葉愈翠，太陽愈大；它開得愈燦爛。格桑花也是高原上生命力最頑強、最普通的一種野花。格桑花的稱謂常出現在文學作品和人們的口頭文化中，但並非指具體的某種花，在植物學上，沒有具體的哪種花叫格桑花。在藏族地區有的認為格桑花是指金露梅，也有的認為是波斯菊（八瓣梅）。波斯菊其花色多種，有紅、粉紅、黃、白等多種色彩，故作者在此遇到的格桑花則為波斯菊。

二〇一二年七月

等愛的普羅旺斯

縱然天空中沒有翅膀的痕跡，但我已飛過。

二〇一二年七月十六日來到普羅旺斯，希望還能趕上薰衣草花開的季節——謝天謝地！幸好趕上，還能看到那日思夜想的紫色花！我把這次的如願歸功於自己對普羅旺斯的虔誠。

法國普羅旺斯的薰衣草聞名遐邇，我慕名而來，也帶著自己別樣的情愫。此番前往法國南部呂貝隆山區（Luberon Sault）修道院的花田，路途中一直擔心薰衣草被收割，等待我的會是光禿禿的秸稈，沒想到一切還在，那些紫色的小花在陽光中搖曳，每當微風拂過，花穗點頭，迎面便飄來一縷縷薰衣草特有的芳香。

薰衣草的香氣使人陶醉，我愛普羅旺斯小鎮中這樣散發著天然薰衣草香氣的自由分子，

摯愛的普羅旺斯
2012年7月

沒有人工造作的痕跡，不同於任何一座城市中，香水專櫃裡兜售的薰衣草香水和精油。這裡的薰衣草香味讓人忍不住要湊起鼻子多聞幾口，淡雅而不失醒目的香，在記憶中留下了足夠深刻的印象。

我沿著薰衣草田的田壟漫步，陽光照得眼前薰衣草的花色格外亮麗，而植物蒸騰起的熱浪讓遠處的薰衣草迷蒙在一片淡淡的水氣中，我一度懷疑這是天使在陽光中採集薰衣草的香氣，我為自己頭腦中這些虛幻出的想法感到好笑。

紫色代表著神秘，也許紫色的花朵會帶給人一種內向的錯覺，就好比紫色的茉莉、紫色的牽牛花，紫色的鳶尾。然而，當我看到眼前這被修整得整整齊齊，在習習微風中熱烈盛放的薰衣草時，我才恍然醒悟，原來紫色的花朵也有如此熾熱、縱情的一面。

薰衣草的花語叫做等待的愛情，不置可否。花語都是人想出來的，也許薰衣草給人的感覺就像一位等愛的少女，也許薰衣草留給世人的想像都是帶著淡淡色彩的一聲歎息，一個不可能達成的愛情夢想。不管我們「賦予」薰衣草怎樣的象徵、比擬與化身，薰衣草依然在自己該怒放的季節裡，盡情怒放，像紫色的火焰，沒有紅色來得濃烈，沒有黃色來得耀眼，卻紫到極致，美到極致。

漫步在花叢中，細細欣賞身旁的每一束薰衣草花穗，看著每一朵小花盛放的容顏，內心會覺得無比輕鬆，彷彿心頭剛剛掠過白雲的影子，心的湖面澄明如皓月，有柳枝在風中搖擺，野鴨與天鵝共舞，心的閒適，心胸的開闊，帶來活著的勇氣與信念，此刻再也沒有什麼生活中的煩惱可以桎梏住自己。

呂貝隆山區修道院的這片薰衣草花田被稱為法國最美麗的山谷之一，不管是在普羅旺斯的任何一個山區小鎮，薰衣草都會為當地營造出一種紫色的浪漫。突然想起彼得·梅爾夫婦筆下的《山居歲月》，去留無意，寵辱不驚，歲月靜好。

要做就做普羅旺斯的薰衣草，在屬於自己的季節裡，熱情盛放，沒有內斂，沒有膽怯。**在等待幸福降臨的日子裡，全心全意做好自己，用最美的姿態擁抱愛，用最熱烈的方式昭告愛**。沒有羞赧，沒有逃避，用心，虔誠，簡單而美好，勇敢而自信，哪怕在歲月中等愛等了一輪又一輪……

撫著眼前深紫、淡紫的薰衣草花穗，我的眼裡溢滿了淚水。生命的價值有時候就像這普羅旺斯的薰衣草，就像泰戈爾的散文詩中所言：縱然天空中沒有翅膀的痕跡，但我已飛過。

心靈慢活

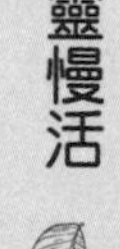

- 在普羅旺斯，除了薰衣草，你還可以看到大片的和薰衣草田毗鄰的麥田、向日葵花田，七~八月，在行走中看到大片金黃的麥田，看到大片橙黃亮麗的向日葵在陽光中倔強地昂著頭顱，相信視覺上的欣喜會成為你行程中最美的點綴。
- 普羅旺斯的柏樹林可謂是天然的太陽傘，在普羅旺斯，在柏樹林的林蔭間，鋪上精緻的餐具，一杯鮮榨橙汁，一片乳酪，一份水果拼盤，一瓶法國葡萄酒，在樹蔭下沐浴習習而來帶著薰衣草香味的微風，一邊欣賞美景，一邊享受美食，所謂的幸福，不過如此簡單、明瞭。

二〇一二年七月

情迷馬賽港

行走的旅途，總會有那麼一處景，不經意間就打動了我，打開了我柔軟的心扉。在面朝海港的那一刻間，我突然想起了臺北。

來到法國南部，來到普羅旺斯，二〇一二年七月在馬賽的遊走，晨曦鍍染下的馬賽港，四處聚集而來的遊輪船隻，美麗的浮動，靈動得耀眼。這些還在晨光中沉睡的船隻，帶著十足的遊子漂泊的氣息，宛若一幅恬靜的富有生命的油畫。

早晨，迎著馬賽城第一縷陽光，我漫步在這美麗的異鄉街頭，整座城的景在亞熱帶地中海式氣候的滋潤下，顯得異常秀麗，蔥鬱的林木將這座城的建築修飾得極為完美，迎著濕潤的晨風，讓我有種置身於海中小島的錯覺。

我順著道路前行，一路欣賞，一路拋棄身後的美景，不知不覺就走到了可以跟荷蘭鹿特丹海港相媲美的馬賽老港。港灣邊開始出現擺賣海鮮的攤販，隨著第一筆生意的開始，港灣逐漸變得熱鬧起來。邊上一些穿著制服的技術工人在修理漁船，滿身的油污，滄桑的面孔，專注的神情，讓人肅然起敬，凡是勤勞質樸的，總能打動人們的情懷，勞動創造了世界，創造了美，創造了奇蹟。我前行在路途中，欣賞著馬賽老港一天開始的景色。

放眼望去，海港儼然是一個巨大的遊船集中營，形形色色的遊輪停泊在這裡，或休憩，或整裝待發。不遠處的海岸線在霞光的豔影中顯得神秘而唯美。看著眼前的海港，鍍染在一片亮麗之色中，我的眼角不知何時盈滿了眼淚。行走的旅途，總會有那麼一處景，不經意間就打動了我，打開了我柔軟的心扉。在面朝海港的那一刻間，我突然想起了臺北。

我想起臺北市夏天的味道，如果不是那個衝動的想法，我想我不會遠離千里之外的故土，來到這個遙遠的異國，感受另一種孤獨。清晨的朝露、斜陽，灑滿我的軀體，踽踽獨行的自己，終於感受到了形單影隻的落寞。

耳畔有熟悉的叫賣聲，熟悉的勤勞質樸的影，愈發加重了我的思鄉之情。我終於深切體會到了遠離故鄉遊子的心情，當置身在家的幸福中的時候，家的幸福卻像隱形的東西，原來有些幸福是要在離開之後才能體味得到。

唇齒輕啟，「港灣」這個詞脫口而出，古今文人墨客，最喜歡把家比喻成港灣，而此時眼前的馬賽老港也同樣給了我這樣的錯覺。它像兒時母親的懷抱，我被這一彎恬靜的風景擁抱在懷中，有一縷思鄉的淡淡的哀傷，有一些生命勃發的欣喜。

想起了離家時，母親對我說，比起一成不變，她更喜歡不斷追求新鮮事物的我，讓她看到年輕人的朝氣和活力。曾經安逸在臺北碌碌無為的自己也許曾經讓母親傷過心，很慶幸自己勇敢地邁出了第一步，並堅持著，努力著，一路走了下來。

行走的風雨只有自己知道，而成長的感悟卻被一日日見證著……

越來越大的喧囂聲將我從記憶中拉回，馬達發動的聲音撕開了馬賽港的寧靜，有遊輪開始了自己一天的航程，看著海港中一些老舊失修的遊輪和不遠處的海面出現了點點白帆，我思鄉的哀傷在馬賽港無言的撫慰中減輕了幾分。

人生能有幾回搏？我的思緒被一種遠航的情愫振奮著，鼓蕩著，眼角滑落的淚水，像一場雨，清洗了我的世界。港灣迷人的景使人著迷，就好比家的溫暖固然使人眷戀，然而趁著年輕去遠航，才是生命追求的真諦！忍不住站在港灣邊吶喊：

我還年輕，我需要遠航，乘風破浪！

心靈慢活

- 來到馬賽，別忘了到《基度山恩仇記》中描寫的關押唐泰斯的地方——伊夫島上去看看。伊夫島距離馬賽港約兩公里的距離。正如「一千個讀者有一千個哈姆萊特」，同一個伊夫島在不同的遊者眼中同樣有著不同的風情，美好的景色總是等待有心人的發現。
- 馬賽港附近的法羅公園是觀景的好去處，不僅可以眺望出海口的美麗景色，遙望隔水相對的聖讓堡和聖保羅教堂，還可以盡情享受寧靜安詳的氛圍，因為法羅公園遊人稀少，非常幽靜，適合一至兩人在此地漫遊，靜靜觀景。

二〇一二年十一月

有一種希望，源自童話

安徒生把許多美好的希望寄託在他筆下的童話中，在他的童話世界中，真善美總是能戰勝假醜惡。

想到童話王國，就會想到丹麥。丹麥是安徒生的故鄉，賣火柴的小女孩、變成白天鵝的醜小鴨，還有為了愛情甘願化成泡沫的美人魚等等，他筆下這些富有傳奇色彩的童話人物一直伴隨著我的幼年時期。

走進丹麥，會懷念起父親、母親為我朗誦童話故事的美好童年。二〇一二年十一月，在哥本哈根小住幾日後，我便去了歐登塞，探訪安徒生的故居。那是一座有著紅色琉璃瓦的老房子，現在被改成了博物館，館裡不僅收藏了大量各國語言譯成的安徒生童話集，還收藏了許多安徒生生前的日用品。燈光打在安徒生拿著帽子雙手交握的一座雕塑上，我站在雕塑前，向大師投予注目禮。

心與物的交流，會讓人有落淚的感覺。看到博物館的牆壁上大幅展示出安徒生《小美人魚》的手稿時，那些被刪除的段落，那些被修改的字母文字，讓我看到了一位兢兢業業於童話事業的大師的形象。他所經歷的童年，和他所嚮往的美好，在這些手稿中幻化成了一篇篇感人的童話，飄向世界各地孩子們的心中。

分享童話，就是分享希望。

安徒生把許多美好的希望寄託在他筆下的童話中，在他的童話世界中，真善美總是能戰勝假醜惡。想起小時候自己對美人魚的喜愛，每次看到關於美人魚的字眼或者漫畫，都會大呼小叫。長大後也一直對美人魚有著獨特的情懷，我願意自己能夠像她，為愛付出，勇敢善良。

愛一個人看似簡單，有時候卻很難，當考慮到現實中的種種問題，比如雙方的父母感情，比如兩個人工作的地區，比如分工合作。想獲得愛，卻在現實中躊躇，對方的父母不喜歡怎麼辦？要捨去自己心愛的工作怎麼辦？為什麼都是我做飯？種種不滿的情緒最終主導了大腦，並發下指令，不再為他做任何事！

女人天性渴望被愛，被呵護，最好是多得一點心愛之人的包容甚或嬌寵，然而當兩個人相處時，總是會因為種種小事引發各種爭執，情況糟糕的則是以「性格不合」作為理由分分手後的彼此，也常常以「性格不合」的理由來尋得心的寬恕和慰藉，然後好繼續進行下一場戀愛，學習如何再愛上下一個人。

比起美人魚的毫無怨言的愛，自己的愛顯得多麼自私。

每次看到他做了一些自己認為不應該的事，我的「心理潔癖」就立刻氾濫開來，不斷數落他的錯誤，除此之外，還要強迫他改變他多年來就形成的習慣。相較美人魚對王子的愛，我終於知道自己為何最終會失去最心愛的人，讓他成為路人甲。

曾經，在讀安徒生《小美人魚》的故事的時候，總會在心中泛起對愛情的嚮往，我總對自己說，將來我要是遇到自己心愛的王子，一定要像美人魚這樣努力對他好，可是為何當自己的王子出現時，自己竟會變得如此貪婪和自私——我希望他更愛我一點，最好每天發一封簡訊問候我；我希望他週末辭掉朋友的聚會，多陪在我身邊。這樣的「希望」在多次實現後，也終於磨損了他對我最初的愛意。

起初在一起，為他做任何事都不覺得累，也沒想過要得到任何回報的自己反而贏得了他的真愛。最終，是什麼原因拉斷了彼此的情絲，站在《小美人魚》巨幅的手稿前，我突然之間想明白了。

也許我該再嘗試如小美人魚一般無怨無悔對愛的付出。

有童話的愛情，就有希望。

心靈慢活

- 丹麥首府哥本哈根的氣候很怡人，這裡四季溫和，最打動人心的也許不是這裡的美食，而是沿途河裡帶著小鴨游泳的鴨媽媽和在草窩中孵蛋的鵝女士，這裡的鴨子、白鵝大多一副悠然自得的神態，也許牠們在扭轉頭的瞬間就不經意打動了你。
- 到了歐登塞，別忘了去童話小鎮看看，成片木製的低矮房屋，帶著丹麥傳統的房屋特色，色澤亮麗，整齊排列，踩在小鎮鵝卵石舖就的小路上散步，帶著童話的神秘氣息的一山一水，一房一木，會帶你走進一個現實中的童話王國。

二〇一二年十二月

芬蘭聖誕老人村：童年的齒印

終於不遠萬里，透過重重跋涉，來到了聖誕老人居住的地方——芬蘭拉普蘭地區的羅瓦涅米。雖然距離耶誕節還有好幾天，我已控制不住地想要見一見那位記憶中和藹可親並且常常帶給孩子們歡樂與幻想的「聖誕老公公」……

聖誕老人村坐落於羅瓦涅米以北大概八公里的北極圈上，隨著寒冬的來臨，這裡已是銀裝素裹，空氣比我想像中的冷，卻帶著一股清新的味道，令人愉悅。往往有雪覆蓋的地方，都會給人一種寂靜、睡眠的感覺，然而聖誕老人村卻在沙沙飄落的白雪中兀自地營造著冬日裡歡樂的氣氛。

或許，光是想到耶誕節，想到聖誕老人，想到耶誕節的禮物，人們的內心都會感到歡愉的吧！好的心情自然要賦予景色歡樂的味道。行走在聖誕老人的故鄉，一種童年記憶中熟悉的味道溢滿心間——皚皚的白雪、可愛的馴鹿、騎著雪橇扛著大口袋的聖誕老人，以及耳邊耳熟能詳的「鈴兒響叮噹」。

走在路上，有相逢舊識的喜悅。聖誕老人的辦公室就在一幢尖尖的木樓裡，上午十點半，聖誕老人就會坐在辦公室裡，接待來自世界各地的孩子們。一路上看到掙脫父母懷抱的小孩，歡愉地在雪地上跳躍的神情，就會想到兒時的自己。

每年耶誕節，我都會在床頭掛上長筒襪，然後一覺醒來，襪子裡就會塞滿了當年我最想得到的禮物，一個新款的自動文具盒、一個會唱歌的芭比娃娃、一條全班女同學都要羨慕的小裙子……每一年，聖誕老人都會實現我的願望，那時候的自己，對聖誕老人充滿了無限的感激與愛意。

父親常跟我說，只有懂事的孩子，聖誕老人才會在耶誕節的時候給他送禮物。想到聖誕老人的禮物，一整年我都會表現得特別乖，很小的時候，幫母親摘菜，幫奶奶找丟失的鈕釦，幫小狗洗澡……童年，因為有了聖誕老人的存在，讓我覺得這個世界充滿了美好與等待。直到十三歲那年的平安夜，我發現了聖誕老人的秘密……

原來是父親，拿著包裝精緻的聖誕禮物悄悄化妝成聖誕老人，將禮物塞進了長筒襪。喝完咖啡，躺在床上假裝睡覺，一直在興奮中期待和聖誕老人相見的自己，最終看到的是父親慈祥的臉。父親將禮物塞進長筒襪裡，還溫情的看了我一眼。最是那難忘的一眼，讓我在父親替我重新掩上房門後，眼淚決堤而出……

每一個懂得關愛孩子的父母，都是孩子們人生成長過程中專屬的聖誕老人。我並沒有因為這些年來被父母欺騙而感到難過，我很感激自己此生能夠有這樣一對可親可敬的父母。也許許多人對於聖誕禮物，有著跟我一樣的經歷，我們的父母們，守著夜，為我們營造了一個又一個充滿神奇色彩的耶誕節。

來到聖誕老人的辦公室裡，看到許多來至世界各地，不同國家、種族、宗教的父母們帶著自己的孩子，不遠萬里來到這裡，探望他們心目中最可愛可敬的聖誕老人，看到父母們看著自己孩子臉上幸福滿足的笑容，那淡淡微笑的神情，我在這相距萬里的地方，開始深深思念我的父母。

忘不掉二〇一二年十二月的聖誕老人村，在勾起我童年回憶的同時，深深觸動了我的內心。長大後的我，總是覺得自己與父母的觀念有了差距，遇到煩心事、開心事，再也不願跟父母傾訴，而我的母親，為了能夠再照顧我，常常藉口說要來視察我的生活，自己跑到我的廚房裡給我煲一下午的雞湯，看著我把雞湯喝完，她才肯放心地離開。

在父母眼中，我是他們永遠長不大的孩子。

為了尋找全新的不一樣的自我，我從臺北走了出走，看過的風景千千萬，而最美的風景，依然是父母眼中看到的世界——做一個不辜負他們關愛的孩子，成長為堅強的勇士。而讓父母驕傲的孩子，也永遠是父母眼中最亮麗的風景。

心靈慢活

- 在聖誕老人村，花十七歐元，你就能夠得到一張和聖誕老人的親密合影。將合影作為明信片，從遙遠的北極圈寄往世界各地，寄給你所認識的朋友們，與他們分享你的喜悅，而這被分享的快樂，更是行走中最彌足珍貴的收穫。
- 聖誕老人村的景色充滿著浪漫的童話色彩，紅色的圓頂小屋，有著紅辣椒鼻子的大雪人，精靈一樣的馴鹿，帶著神秘氣息的針葉林，月光與雪色交相輝映的夜晚……漫步在這裡的景色中，享受自然賜予的美景，身心都會獲得巨大的愉悅。

二〇一二年十二月

桑斯安斯風車村：逆流的時光

有人在那裡聽到了童年的笛音，有人在那裡看到了遺失的愛情，也有人在那裡感情到了幸福的召喚……

二〇一二年十二月二十八日，我輾轉到了荷蘭的桑斯安斯風車村（Zaanse Schans）。我知道那個美妙的風車村有我所要尋找的東西——遺忘的青春和流失的歲月。

在桑斯安斯，有風車轉動的地方，就會帶給人一種怡然的氣息，也不知道是不是因為自身對風車的熱愛才讓我產生這樣的感覺，然而，這裡的寧靜、大美，卻是每一個造訪者有目共睹的。當你帶著羈旅的風塵而來，腳步落到了這片美好的土地上，眼前一點一滴的美好，只會讓你忘了羈旅的奔波，心境跟著澄明起來。

從阿姆斯特丹到桑斯安斯風車村，可以選擇乘坐91號公車，很便捷。行程中，聽到許多遊客誇讚風車村為荷蘭必去之地，我的嘴角掛起了微笑，就像風車村是自己的故鄉，聽到故鄉被誇讚時那種心中充滿幸福細紋的感覺。

風車村，對不同的觀光者來說，一樣的風景卻是不一樣的情調。有人在那裡聽到了童年的笛音，有人在那裡看到了遺失的愛情，也有人在那裡感悟到了幸福的召喚，而我在風車村，感受到的是，一種力量的成長……

沿著幽靜的小路前行，據說冬天這裡不用購買門票就可以自行參觀，唯一可能要遺憾的是，有一部分景點在漫漫冬季是不開放的，但是對我而言，走過一個地方，並不一定非要把所有的景點都看遍。有時候，覺得自己很偏執，看景的時候也看心情。

在風車村行走，帶著童年的心情，就像在前不久走過的聖誕老人村那樣，風車村也勾起了我許多的童年回憶。小時候，玩風車的日子，就像投落在掌心的七彩陽光，彩色的玩具風車一轉，笑聲四溢。那時候的歡樂，是簡單富足的，而今的歡樂，卻要靠自己努力去暗示，想到這裡，我的內心湧起了一陣憂傷。

在長大後的生活中，不經意間，就會遇到自己始料未及的挫折，來自工作方面的，來自情感方面的，抑或是來自自己內心自我的掙扎，不管是何種挫折，常常讓我感到無形的苦楚，隨之而來的是生活的苦悶。一直想擺脫那樣的情緒，可是卻不能。正如H所說，如果註定要有一顆敏感的心，那麼就要做好承受比別人多的痛苦。

眼前的好景將我的思緒拉回了現實。我在風車村的小道上踽踽獨行，路邊有連續排列被漆成墨綠色的尖頂小屋，白色的門窗框顯得很雅致。在風車村，經常可以看到這樣的尖頂小屋靜靜地矗立在水岸邊，和周圍的水景、花木融為一色。

放眼望去，可以看到許多風車在當地居民低矮的紅色瓦房屋頂，若隱若現，好像一架奇怪的機器。終於看到了真正的風車，彷彿看到了逆流的時光，我的心回到了童年時代的簡單快樂，跑到各種風車前，擺出不同的 poss，並請旁人幫忙拍照。

回想當時興奮的心情，竟然一霎那間覺得自己剛剛年滿十八歲，青春、活力、朝氣，曾經的這些被增長的年齡所拋卻的辭彙，又彷彿重新回到了我的身體裡。而內心的幸福也在不斷發酵膨脹。

在風車村的 zaan 河岸，那些巨型風車裡，可以找到榨油的磨坊、磨芥末的磨坊、鋸木磨坊等等，當年的荷蘭人採用風車進行工業運作，創造了許多物質財富。在欣賞風車村的風車美景的時候，看著河邊上那一架架些在歲月中靜止的風車，我突然領悟許多……

能夠讓風車轉動起來的是風，那些過往的風，帶著太多的期許與等待，推動了風車的扇葉，推轉了它們一生的榮耀。如果註定要有一顆敏感的心，就要讓它在剎那的頓悟中學會堅強。

也許過去庸碌的生活，曾經讓自己原地踏步，將丟失的奮鬥的意志找回，重新來過，那些還沒有經歷過的歲月，又何嘗不是一個值得等待的美好未來。

心靈慢活

- 在荷蘭行走，一定要去品嘗品嘗當地的乳酪。荷蘭人以製造乳酪盛名，在桑斯安斯觀光的同時，可以選擇這裡的居家旅館，在家的溫暖氛圍中，體驗一番乳酪的香色之旅，會是你在風車村最美的一場味覺收穫。
- 到風車村參觀，還可以親眼目睹歷代荷蘭手工藝。在這裡，可以看到削製木鞋、製造陶瓷、鑄造錫紙洋鐵器皿、製作乳酪等手工藝，這裡，是工藝品的天堂，在這些精美的工藝品中觀賞穿梭，煩惱苦悶都將被拋卻到九霄雲外。

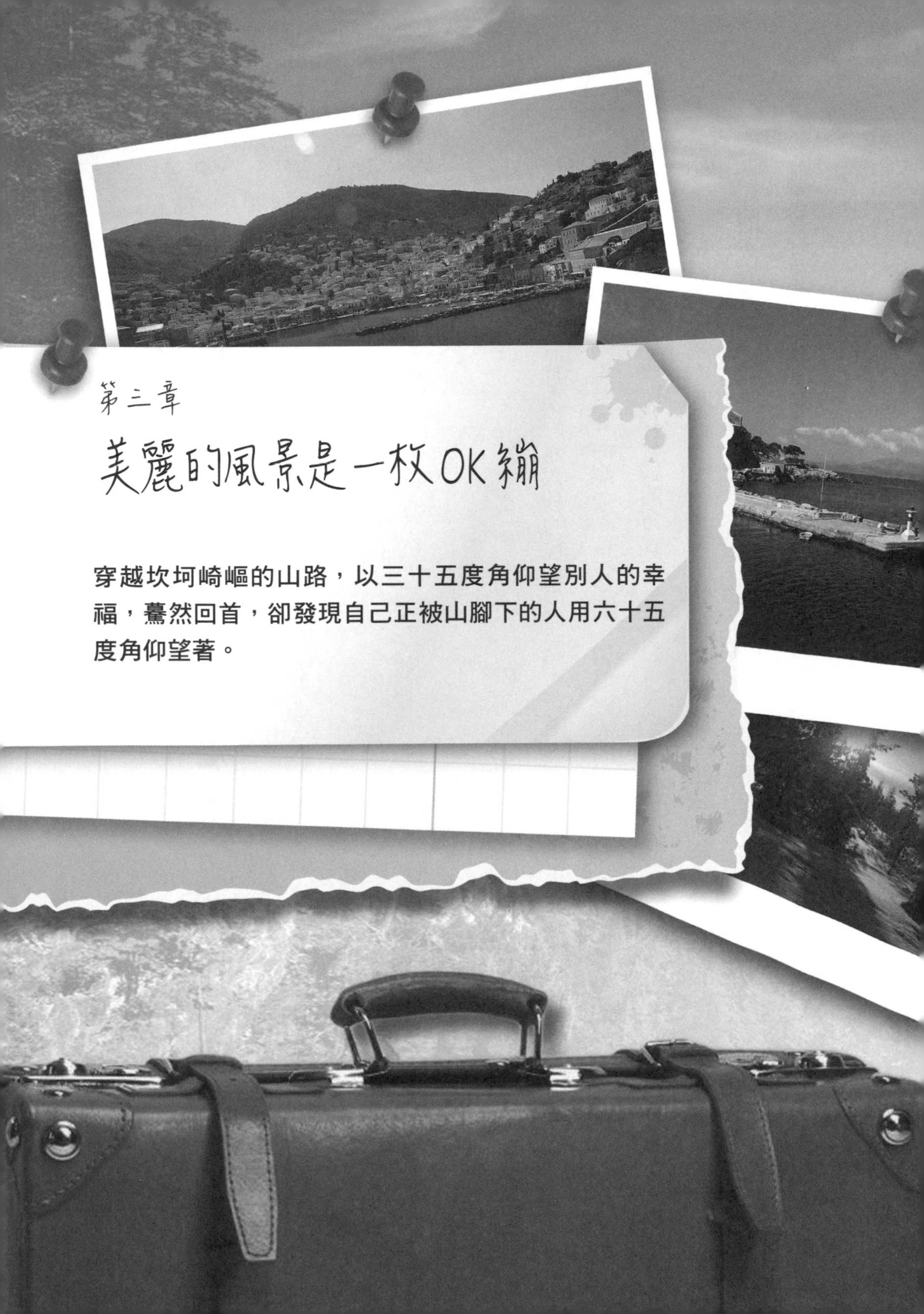

第三章

美麗的風景是一枚OK繃

穿越坎坷崎嶇的山路，以三十五度角仰望別人的幸福，驀然回首，卻發現自己正被山腳下的人用六十五度角仰望著。

二〇一一年一月

阿馬爾菲海岸：行走中，改變今天

從來沒有一座城能夠和周圍的山水海平融合得如此完美，除了阿馬爾菲。

二〇一一年一月來到義大利的坎帕尼亞區，在阿馬爾菲小鎮小住，目的是為了能夠好好感受風景如畫的阿馬爾菲海岸（Amalfi Coast）帶給遊人的視覺世界。在風景中綻放自我，是我在每一次行走裡學會自我認識的方式。

阿馬爾菲海岸作為世界文化遺產，曾經被美國地理雜誌評為一生必去的五十一個地方之一。翻書流覽這些旅遊雜誌或者地理雜誌，被眾星捧月般推薦的景點未必是名實相副的，一個景點好不好，與它是否有多大的名聲並無太多的聯繫。每個人對好風景的定義不同，就好比每個女子喜歡的男子類型各有千秋。

在我而言，來到義大利，阿馬爾菲海岸是我不能不去的旅遊勝地，並不全是因為它久遠的名聲，而是在威尼斯遊玩的時候，有偶遇的遊客跟我聊起這個海岸。想起她在講述阿馬爾菲海岸時那種熱情洋溢、激情澎湃的豪情時，我不禁對這個海岸充滿了嚮往。

看看別人讚不絕口的景色，就猶如小時候懷著好奇心品嘗別人口中的美食時的心情。

不知不覺真的就來到了這裡。

從來沒有一座城能夠和周圍的山水海岸融合得如此完美，除了阿馬爾菲。周圍的起伏連綿的山脈和山腳下的延伸到山坡上的各式樓房建築幾乎完美的融合了起來，連著藍得明媚的海岸，只是讓人覺得一切彷彿渾然天成。

很喜歡這裡的味道，既帶著質樸的氣息，又不失俊逸靈動，無論是任何一座建築，任何一艘小船，或者任何一棵植物，它們在此處的存在都是合理的，都是經過上帝規劃的，沒有絲毫的矯揉造作。這裡的一切讓人感覺灑脫自然，熟悉溫馨。

最引人入勝的風景要算阿馬爾菲海岸的附近，那些在山坡上呈現出階梯式的果園和坡頂處的牧場。看到果樹和羊群、馬群，外國莊園式的種植養殖法，總是能給人造就出一種和諧的氛圍，彷彿天空可以作畫，秋草會歌唱。

最美好的景色便是站在高坡上觀看狹長的阿馬爾菲海岸，蔚藍的湖水，像少女清澈的眸子。看著海岸線肆意綿延的輪廓，不得不感慨這造物主的鬼斧神工，能將這裡的每一處景，包括海岸，都描繪得像一幅清明空遠的山水油畫。

當視線一直沿著海岸線的遠望，我的心不禁得一陣緊。並不是因為一月的氣候讓我覺得微涼，而是開始有淚水盈滿眼角。我記得Ｈ跟我說，要是在國外想念臺北了，想念她了，就像小時候那樣，站在山坡上，看遠方。我站在山坡上，望著阿馬爾菲的海岸線，那裡有我想到達的遠方，湖面彷彿幻化成了Ｈ的笑臉。因為不甘於庸碌和平庸，所以選擇了異地行走，在排遣中，在觀景中，竟也能生出許多平時從沒有想過的感悟。

美麗的阿馬爾菲海岸可想而知，是經過了多少年代的沖刷、演變，才變成了今天這樣的形態和姿態，我不也像阿馬爾菲海岸一樣嗎？一邊行走，一邊改變自己，努力塑造自己的完美人生。然而，阿馬爾菲海岸再美，我也終究會離去，繼續行走，繼續尋找過去或未來？我不不得而知。

而站在此處的我，只是想到，阿馬爾菲海岸也不會甘願停滯在這樣的美麗裡吧！看似平靜的表面，其實它的海岸線不也一直在做著微妙的變化嗎？也許，我這次所要尋找的，就是這樣的海岸線人生，在平靜的行走中變化著。

心靈慢活

• 在阿馬爾菲海岸線上，有五座很值得一走的小鎮。來到阿馬爾菲，可以從索倫托乘坐一艘小船或者小艇，沿著海岸線從水面上遠觀這裡的懸崖峭壁和漁業小鎮。感受地中海起伏的山脈，清澈的海水，沿岸猶如花園般的山間小鎮，徜徉美景中的感覺，如在畫卷中行走，畢生難忘。

• 這裡的建築風格許多都帶有「混血兒」的氣質，不僅有偏重西西里風格的建築、阿拉伯風格的建築，諾曼底風格的建築，而且有的建築還融合了這三種風格。

二〇一一年一月

白屋森林，紅塵之上的化境

有時候做事，總是差一點就可以足盡完美，晚上躺在床上反思一件事的起落，總是會因為小小的失誤而歎氣，這樣的小遺憾，是我最不願意看到的。

希臘帶給我的是無盡關於神話故事的想像，希臘薩羅尼克群島中的波羅斯島，除了帶給我神話故事的想像，更多的是關於生命寓意的思考。

剛剛擺脫了紅塵俗世煩累的我，兀自來到這樣一座島嶼，看到島上遍佈的檸檬樹和橄欖樹，彷彿周圍的空氣都已經更換，不再是那樣的緊張、壓迫和頹廢。我曾經一度努力讓自己跟著節奏，在繁忙的腳步中，踏出自己的人生舞步，可是生活、工作中每每總是出現一些小意外，就會讓高漲的奮鬥熱情驟然降溫。

有時候做事，總是差一點就可以足盡完美，晚上躺在床上反思一件事的起落，總是會因為小小的失誤而歎氣，這樣的小遺憾，是我最不願意看到的。例如曾經幫母親熨燙衣服，卻沒有注意衣服上有好幾條線頭，父母去參加朋友的 party 的時候，因為衣服的線頭被不可一世的人嘲笑。為此我曾深深感到愧疚。母親安慰我，人無完人，事無完事，可我總在回想的時候，依舊難以釋懷。

站在波羅斯港抬頭遙看這裡的建築，只覺得自己彷彿置身於一片白色的海洋裡。也許「白屋森林」的別號就是由此而來的。白色的建築，給人一塵不染的感覺，一排排白色的建築，在綠色植物的映襯下，組成了一個純潔無暇的世界。走在這裡，會讓人的心情隨著綠樹小花變得明亮起來，而白色的世界則彷彿可以刷白過去的任何一件不愉快的事，讓你的情緒可以從零開始積攢美好和愉悅。

然而，對於帶著心事賞景的我，二〇一一年一月的今天，站在波羅斯島上，置身於這裡的秀美的自然風光和建築群落中，思緒竟是潮濕的，關於過去的許多記憶，就像為母親熨燙衣服的那件已經過了好幾個月的事情，就像遠處的海水，洶湧撲向海岸。

我從海港上沿著石板舖就的通道，蜿蜒而上，一路走走停停，一路欣賞這片白屋森林中的每一座白色小屋，它們的風格大同小異，它們帶著歷史的印記靜靜佇立於此地，讓遊客們細細觀賞。我看到有的小屋門前種滿了小花，也許是因為沒有到開花的季節，看過去只是一片淡淡的綠，花枝下不時有枯黃的葉子，搖搖欲墜。

各種建築時間久了都會出現一些斑駁的點，走進白屋森林，也會發現一些白色的年代久遠的房子，柱子角落或者窗臺上顯露出的斑斑痕跡，那些或灰或黑的小痕跡，並沒有影響到整個房子的美感，有的反而為整棟房子增添了一絲歷史的韻味。我看得有些出神，我想到了自己。

塵世中，太過於追求完美，往往會讓自己受累。有些心理上的勞累不過是自己意志上強加給自己的重壓。人生中有太多事等著我們去做，如果一味追求完美，換來的只會是心情上的壓抑，就猶如一張繪畫白紙，如果不小心潑上了一塊小汙點，不妨將它描繪成一塊石頭、一隻布穀鳥的眼、一片雨雲。

心情舒暢才能夠更好的去做下一件事，如果耿耿於懷於那點點汙跡，那點點霉斑，只會束縛住心的想像。想要在塵世中暢快地生活，還要有一顆容得下小缺憾的心，懂得感謝這些小缺憾，感謝它們給予了自己不少經驗並激發了自己的潛能。這樣想著，我的心情豁然開朗起來。

仔細回想母親的話，人無完人，事無完事！我的腳步變得格外輕快，眼角瞥見的花壇裡的那些枯黃的葉子，竟像一朵朵黃色的小花，一隻隻翩飛的蝴蝶，在陽光中搖曳……

心靈慢活

- 波羅斯島上的居民很會享受生活，在海港碼頭附近有許多家咖啡館，風和日麗的日子，許多遊客和當地的居民就會絡繹不絕的前往此地，坐在咖啡館裡，喝著咖啡，聽著音樂，閒聊，或者只是靜靜看著遠處藍色的海水，感受一份在此地生活的情調與安逸。
- 從波羅斯港船行不到十分鐘，便可來到位於達波羅奔尼撒半島上的檸檬樹林，五月是檸檬樹的開花季，檸檬樹林散發著幽幽的檸檬花香，走在林間，聞著花香，如墜仙界。哪怕是在別的季節涉足這片土地，到檸檬樹林走走，也能感受到林間的別樣風情。

二〇一一年五月

阿爾卑斯，現實主義下的幻境情結

把事情幻想得過於美好，往往讓自己看不清事情的本來面目，一旦遇到意想不到的傷害，這樣的傷害反而會加倍。

來到瑞士，阿爾卑斯山是一定要去拜訪的勝地。瑞士的湖光山色深深吸引著我的視線，想像中的阿爾卑斯山也定將不負我望。

二〇一一年五月五日，早上九點，乘車來到阿爾卑斯山位於瑞士中部的一座山峰，在山峰腳下的小鎮稍做修整。

前面幾日，也許是看慣了瑞士的山山水水，今日來到阿爾卑斯山的懷抱中，周圍的山光水色，依然讓我覺得有一些些無趣。

徒步攀登高山，登上山頂的那一剎那，會讓人滋生許多成就感，但是面對這座海拔高達三千多公尺的山峰，需要乘坐空中纜車才可以到達峰頂。我坐上了纜車，在纜車的一路上升中欣賞腳下的風景。

不同的角度欣賞到的景色大有不同，置身在瑞士的青山綠水間，覺得自己彷彿是這空靈山水世界裡的一艘小船，而俯瞰阿爾卑斯山腳下的瑞士風景，則會覺得自己彷彿是這神山聖水裡的一隻精靈，後者賞景的感覺更加飄逸。

我陶醉在腳下的風景中，思緒被拉扯得像春天的柳絮。在纜車裡欣賞山水美景的時候，突然很希望時光能夠變得再慢一些，再慢一些我的眼睛就可以裝下這四面八方奔湧而來的景色了，或許再慢一些，我心中所有盛下的美好就可以不用流失得這麼快了。

四周的景色讓我應接不暇。阿爾卑斯山真可謂是大自然的神奇之作——遠處的山腳，綠草青青，湖面如鏡；山腰處，成排的林木，碧綠如洗；山峰頂上，陽光照在白雪上，聖潔靜美。眼前所能看到的一切，就像一幅立體畫，我陶醉在這如畫的風景裡，感受著大自然的光芒，心中裝滿了陽光。

從喧囂中走出，凡是看到美好的景色，常常以為是幻境。長大後的自己，還是如小時候一樣，喜好幻想，因為幻想總是能讓我在枯燥的生活中找到一絲絲靈感和樂趣，然而幻想也有不好的時候……

纜車經過三級提升後，我終於到了山頂。站在山頂上可以看到更久遼遠的世界，天空是那樣低矮，彷彿觸手可及。而山峰周圍一些小山峰，從阿爾卑斯山頂上俯瞰，它們就像爸爸和他的孩子們，顯得異常可愛。周圍有遊客在驚歎四周的美景，有的遊客在熱情地拍照。

真是難以想像，山頂上竟然生活著一群可愛的小生靈——黑山雀。高處不勝寒，為何這些黑山雀卻對這裡的景色氣候情有獨鍾？輕輕走進牠們，牠們竟然轉動著腦袋，轉著骨碌碌的眼睛望著我，對人絲毫沒有怯意。其中一隻竟然飛上了我的肩頭！

大自然的許多動物都是具有神奇色彩的，也許這隻黑山雀是被施了魔咒了王子，我暗暗想到。我從背包中扯出一片麵包，撕成碎末，沒想到這隻饞嘴的黑山雀果然中計，從肩上飛到我的伸出的手腕上，張開牠黃色的嘴巴，開始啄食我掌心中的麵包屑。

真是太興奮了！我和這隻黑山雀的默契配合，讓我覺得自己跟牠格外有緣。牠的胃口極好，幾乎半塊麵包都進了牠的肚子。看著手腕上停著的精靈，第一次跟鳥兒如此親密接觸，我一度幻覺自己是阿爾卑斯山山神的貴賓。正當我沉浸在美好的幻想中的時候，也不知道是不是吃得太飽的緣故，手腕上的黑山雀竟然在我的胳膊上拉了一堆鳥屎……

把事情幻想得過於美好，往往讓自己看不清事情的本來面目，一旦遇到意想不到的傷害，這樣的傷害反而會加倍。如果當初不把一隻黑山雀想像成王子，想像成山神派來的精靈，現在就不會覺得那麼憤怒、失望而且失落了。

鳥兒畢竟是鳥兒，我用手紙輕輕擦掉了胳膊上的鳥屎——幻想固然美好，卻不能不面對現實。

心靈慢活

- 阿爾卑斯山脈這座位於瑞士中部山峰腳下，是一座小鎮，層層疊疊的樓房和別墅在青山綠水的掩映中顯得格外清幽。如果時日良多，不妨選擇在這座小鎮上多休憩幾日。美好的風景，只有經過長時間的細細品味，才能夠品出真正的味道。
- 阿爾卑斯山脈在瑞士中部的這座山峰可是一處滑雪勝地。逢上週末，天氣晴朗，許多當地的滑雪愛好者就會聚集在這裡享受滑雪的樂趣，同時還能夠結識一群志同道合的好友，娛樂交友兩不誤。

二〇一一年十一月

秋起香山，葉落人生

如果說人生如葉，那麼等待飄零的日子將是多麼漫長而又淒涼的歲月旅程。

二〇一一年十一月，在北京落腳的日子，讓我忘不掉那漫山的紅葉，紅得像血，紅得像霞，這火紅的顏色，勾起了我太多的感慨。

在北京，遊玩了故宮、長城，碰巧在秋季，我便惦念著去靜宜園會一會那「香山紅葉紅滿天」的景致。不知道香山是不是如夢中所想的那樣，帶著秋的旨意，披著一襲紅衣，在秋風中招搖。

帶著對香山紅葉的嚮往，我獨自一人來到了靜宜園。

香山的楓葉是靜宜園內一景，除了這些久負盛名的楓葉，山腰間還點綴著諸多景點——進入靜宜園後，終於發現了這次行走的價值。到了園內，放眼望去，林木皚皚，雖說是秋季，可沿路的樹木並不顯出畏寒怕冷的氣勢，只是一路的黃綠交錯——蔥翠如新的松柏混合著葉面點染了黃意的銀杏、楓樹，透過樹木們參差的枝椏，以天空為背景，映入眼簾的彷彿是街邊小巷叫賣的蠟染布裙，美得叫人動情。

登香爐峰，最快的便是乘坐空中索道纜車了，約十八分鐘便可到達山頂。可是我卻獨獨喜歡徒步登山的感覺。我計畫從南路到中路再上到香爐峰，先是沿著南路一路向前，途經勤政殿、靜翠湖、翠微亭、瓔珞岩、知樂濠、雙清別墅、歡喜園、蟾蜍峰、白松亭、梅石等景致，沿路的樹木多是鍍上了一層金黃的彩衣，路上四處可見從樹梢上隨風飄落的黃葉。轉至中路，中路有勤政殿、聽雪軒、知松園、芙蓉坪、玉華岫、香霧窟、西山晴雪和紫煙亭等諸多景致，每一處景似乎都因那些黃葉浸染了秋之氣息。經過一番攀登觀覽，終於到了香爐峰。

站在香爐峰上俯瞰整個山坡，漫山的紅葉盡收眼底，彷彿仙女的霞衣，真可謂「霜葉紅於二月花」，那紅得像火的楓葉，好似被畫家手中的朱砂紅渲染了一般，層層疊疊的紅，猶如一幅如火如荼的畫卷。我站在峰上遙望，可以觀覽北京城的建築風貌，正所謂「登高望遠」，眼界的開闊讓觀景的人頓時心曠神怡。

正看著出神，突然一陣秋風襲來，送來了一片火紅的楓葉，這片楓葉就像一顆蒲公英的種子悠悠然落在我的肩膀上。我拾起那片落葉，火紅的葉子透過陽光，脈絡依然清晰如故，宛若手心裡的掌紋。回想起沿路吱呀踩踏而過的落葉，那碎裂的脊樑，融入風聲的肌骨，讓人不由得感慨人生。

我們的人生何嘗不是如此，在翠綠的鼎盛走向蒼老的枯黃，再漸漸沒入泥土，滋養明日的朝露。平凡的人重複著一片葉從春天抽芽，夏季成長，秋季逝去，冬季長眠地底的生長過程。然而，平凡人中卻常常有這樣一些不一樣的人，他們就像這香山上的楓葉，在生命的盡頭，依然帶著生命火熱的色彩，他們躺在　黑的泥土裡，顯得那樣的光鮮奪目，與眾不同。當別的葉按照固定的輪回方式生長飄落時，楓葉卻暗暗積蓄所有的能量等待最後的盛放，那只是一片落葉的盛放，卻引來了如此多遊客的觀賞。

人生的演繹就像這落葉的演繹，一樣的起點，一樣的結局，生命中卻有著不一樣滋味。

我對掌心這片飄零的紅葉頓時生出了幾分敬仰。

感謝這香山的景致讓我品悟到了葉落人生的真諦，那是我不曾想過的問題。下山時，我將這片火紅的楓葉夾在了我隨身攜帶的筆記本裡……

心靈慢活

・香山公園裡除了楓葉景觀讓遊人流連，人文景觀也讓人歎為觀止，富有明清建築特色的碧雲寺、具有江南婉約情調的見心齋、帶著佛教神秘色彩的宗鏡大昭之廟等等，沿途在欣賞自然美景的同時，細細品鑒這些特色人文景觀，也不失為另一種精神陶冶。

・香山公園門外是一條兜售各類特產及小吃的小街，當地人稱為「香山買賣街」，遊玩香山，在返回的途中，在買賣街上挑上幾件入眼的小飾品，或者吃上一碗「碰頭食」，補充補充體力，再悠悠然前往下一景點，美哉！樂哉！

華山，人生前路如山路

在北京接受了幾日京城文化的薰陶，享受了一番京城子民的富足安逸，在二〇一一年十一月十二日清晨，一閃念間，想到了華山。

坐火車抵達西安，來到華陰市，經過重重跋涉，終於來到華山腳下。當我站在暮色中仰望這座陡峭的山峰時，我開始感到膽怯。我承認自己是怕死之人，因為有著對生命極度的熱愛。這樣迷蒙的天色，這樣陡峭、險峻的山峰，這樣一條一往無前沒有退路的山路，我是否有足夠的勇氣邁開步伐去征服？我的心生起了重重疑惑。

人生前路·如山路
2011年11月

四方慕名而來探險的遊客絡繹不絕地趕往華山售票處，我站在山腳，有些許愣怔，有些許憂鬱。既然來了就試著去征服吧！我深吸了一口氣，到附近的小鎮吃飽、休息後，開始整理登山工具——半路充飢的乾糧、水、照明的頭燈、手套等。準備充分後的我，在午夜開始了人生最艱險的一次登山之旅。

選擇在午夜開始登山，目的是為了能夠趕在黎明前在華山頂上看看傳說中那絕美的日出。在漸漸暗去的天色中，華山顯得越發的神秘、幽僻，附近的山峰猶如巨大的魅影黑　地蹲坐在華山兩側，在這些山峰的夾縫中行走，抬頭隱約可見天上的繁星，一閃一閃的，彷彿是特意來陪伴我們這些半夜登山的人群。

我的前後都有成群結隊的登山者，他們一邊攀爬一邊閒聊。來爬山的多是幾個人組成的小團體，這樣可以方便彼此照應。作為一名孤獨的登山者，除去孤獨，我反而覺得自己很自由，很放鬆，不用等待遲到的隊友，不用在做決定的時候被其他人的建議打亂原本的計畫，更不用在爬山的過程中擔心其他隊友是否跟上或者被其他隊友擔心，這些都不是我想要的。獨自一人的爬山計畫，需要自己去承擔前面路上的風險，更需要自己有足夠的勇氣去面對和解決登山路上遇到的問題。我相信自己有足夠的勇氣與毅力去征服這樣一座山峰。

沿著鐵索，慢慢的往上爬。抬頭遙望前方，進山的鐵索彷彿插入雲霄讓人看不到盡頭。

越往上越陡，幸好大家頭上都戴著探照燈，陡峭的山路在後來人的探照燈中隱現。雖然是午夜，但是在這樣陡峭的山路上行走，沒有人會滋生睡意。因為山路太陡峭，大家都是走走停停，我也不例外，體力逐漸透支，一爬到可以休息的巒殿，就停下來大口喘氣，順便喝口水，吃點乾糧。

過百尺峽，過蒼龍嶺，到金鎖關，接著爬雲梯——雲梯很危險，幾乎與山峰成直角，開始挑戰前，鼓起的勇氣確實給了我不少正能量，開始爬的時候，狀態不錯，勇往直前，爬到一半，我的胳膊開始發抖，甚至想要中途就此放棄，可是抬頭看到前面的登山者的腳後跟，低頭看到後面登山者的頭顱，如此毫無退路的處境，我只能咬著牙，繼續努力向前……

那是我在攀登華山的過程中，最痛苦最難熬的一段路，在小心翼翼中總覺得路程好漫長，彷彿這道雲梯沒有盡頭一般，我甚至後悔自己當初為何要選擇爬上這座雲梯。但是，自己竟也在這樣「堅持一秒再堅持一秒」的默念中登上了山頂。

站在山頂，迎著晨風的那一刻，我終於真正體會到了登山的樂趣。

登華山，就好比經歷了一部濃縮版的人生。

人生前路如山路，歲月無可逆轉，唯有向前，鼓足勇氣，一路披荊斬棘，戰勝自我，才能攀登上人生的頂峰，享受日出的絢麗。

心靈慢活

- 華山四處是奇景，不僅是驚險的天梯棧道，而且沿途的景點頗多，譬如西峰上的蓮花洞、巨靈石；北峰上的玉女窗、鐵牛台；中峰上的無根樹、石龜躡等等，這些奇異的自然之景彷彿就是專門為登山的遊客附送的饋贈。
- 華山四季是景，不同的季節裡來到華山，你看到的華山將是不一樣的景色。春季裡的「雲華山」，夏季裡的「雨華山」，秋季裡的「霧華山」，冬季裡的「雪華山」，四季變幻，變換著華山的霞衣，無論在任何一個季節來到華山，華山都不會讓來者失望。

二〇一二年六月

挪威森林：「人心的森林，總是風起」

人生中會遇到多少好奇、衝動、猜忌、賭氣、嫉妒、憤怒、積怨等等情緒的唆使，去做出自己意想不到的事來，要想結局不至於讓自己後悔，就要學會像挪威的森林，堅守心中的信念，任憑風從枝椏間穿過，從頭頂上掠去。

挪威的峽灣風光一直深深吸引著我此次歐洲行走的腳步。二〇一二年六月，我開始進軍挪威，去尋找屬於我眼中的那片「挪威的森林」。

從奧斯陸到斯塔萬格，沿路經過的地方除了挪威特有的風格建築，最多的要算那些美妙

人心的森林總是風起
2012年6月

的自然奇觀了，包括這裡的樹木。因為內心想著「挪威的森林」，所以會一直關注沿途的林木，哪怕是生長在庭院或者門前的樹木，我都覺得自成一番趣味。很多時候，景色特不特別，還要看看個人的心情。

在一個明媚的早晨，我來到了距離斯塔萬格大約二十五公里左右的佈道臺，即所謂的聖壇岩石。先是坐了渡輪，後來又轉乘公車。來之前有看過聖壇岩的許多照片，從不同角度拍攝的聖壇岩就像自然界鬼斧神工的傑作，讓人忍不住要驚歎。

真正爬上聖壇岩的時候，我終於感受到了親臨的奇妙感覺。展現在眼前的聖壇岩有二十五平方公尺左右，據說可以容納上百人。聖壇岩距離岩下的呂瑟河足足有六百零四公尺，讓稍微有點懼高的我不太敢靠近岩石的邊緣。

站在聖壇岩上，可以從高空俯瞰呂瑟峽灣風光。明淨的湖水有如天池，兩岸低矮的山脈上覆蓋著層層綠意，尤其是靠近水岸的地方，綠色愈加濃鬱。聖壇上有許多遊客在曬日光浴，有些在觀海，有的則在忙著拍照。我悠閒地站在岩石上，張開手臂，享受著每一縷風颾過肌膚，穿過髮絲的感覺……

夏季的風帶著溫潤的氣候，停駐在每一個人的眼眸裡。沐浴在這樣好的天氣中，我伸了個懶腰，仰躺在岩石上，學著那些完全把聖壇岩當自己家的遊客曬起了日光浴，過了一會兒，有位來自韓國的遊客過來跟我打招呼，得知我是臺灣人後，他竟用還算流利的中文跟我交談起來，他笑著問說，為什麼不試一試走進岩石邊那種感覺？我說我有些懼高，他聽後，又笑著跟我分享了他剛才走進岩石邊沿那種刺激的感受，聽完他眉飛色舞的演說，我也想試一試他所說的刺激的感覺。

原本想著曬完日光浴，拍完風景照後就從聖壇岩原路返回的我，沒想到會在一個韓國遊客的慫恿下，挑戰自己的懼高症——我一步一步挪近岩石邊緣，總算領略到了什麼叫做「萬丈深淵」，我真害怕自己一不小心就會「萬劫不復」。勇敢地向岩石下望去，原來這樣驚險的處境竟能看到如此令人驚歎的美！

岩石下面是陡峭的山壁，嶙峋怪異，自成一景，而呂瑟河的水就像一塊翡翠靜靜地流淌在岩石下方。我能清晰地看到周圍的山脈上那些生長著的鬱鬱蔥蔥的林木，每當風起時，彷彿就搖擺著枝椏向遊客們招手。雖然站在四周都沒有圍欄的光禿禿的岩石邊緣可以讓我清晰目睹到許多峽灣的美妙景色，但是我的心還是因為缺失安全感而有些微微地顫抖，看久了，竟然還有一絲絲暈眩。

當我從岩石邊緣返回時，韓國遊客哈哈大笑起來，他說我大可不必受誘惑去做自己原本不想做的事，那樣子會吃虧的。他簡樸的話語讓我頓悟。我的眼前彷彿又出現了岩石下那些低矮的山脈上生長的茂密的林木，每當起風時，它們都能夠團結起來，讓突然襲來的風從頭頂上掠過，就像一片麥浪，外界的風，無法動搖它們堅韌的根。而人心的森林，卻那麼容易的被外來的一陣風吹動，我感到異常慚愧。

人生中會遇到多少好奇、衝動、猜忌、賭氣、嫉妒、憤怒、積怨等等情緒的唆使，去做出自己意想不到的事來，要想結局不至於讓自己後悔，就要學會像挪威的森林，堅守心中的信念，任憑風從枝椏間穿過，從頭頂上掠去。

心靈慢活

‧趴在聖壇岩的邊緣觀看峽灣風光既刺激又享受，靠近岩石的邊緣起初也許會讓你感到十分恐懼，試著給自己做些心理暗示，讓自己懼高的心漸漸平復，將更多的注意力集中到周圍的美景中，你會發現，峽灣絕美的風光真是看一整天都不會膩！

‧前往聖壇岩的步行道大部分都是用大石頭鋪就的，走起來會很艱辛，然而正是這樣的道路更能砥礪人的意志，一邊欣賞沿途美妙的景色，一邊努力攀爬，經歷艱難困苦後看到的景色，也許才是人生中最美的景。

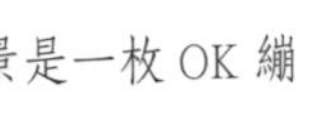

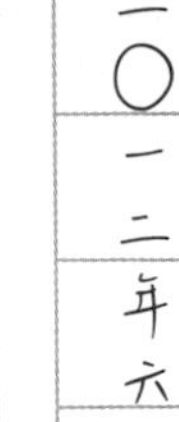
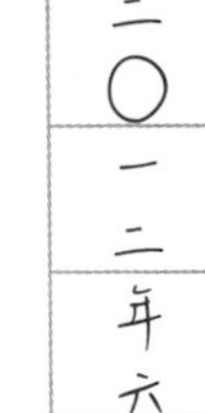
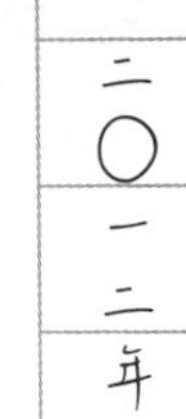
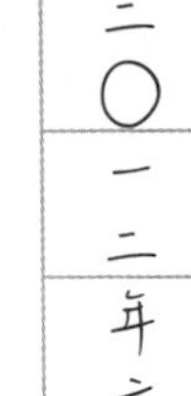

二〇一二年六月

羊角村：讓靜謐的時光，流走惆悵

漫長的水道就象徵著我們漫長的一生，每一艘小船划過的痕跡，總是在最初的時候留下深深一道浮水印，隨著時間的流淌，浮水印很快就消失了，回首來路，卻已經沒有了任何小船駛過的痕跡了……

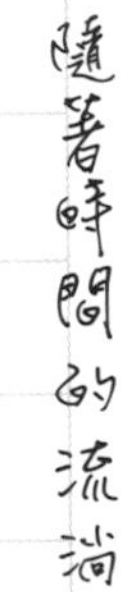
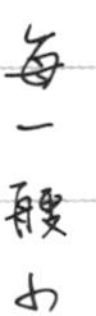

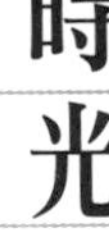

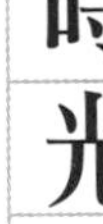

到了荷蘭，羊角村不可不去。

羊角村位於荷蘭西北部的瑟爾省威登自然保護區內，雖然這裡一樣有著威尼斯水城的溫柔氣質，但是這裡的水、景、人事，卻要比威尼斯多一份打動人心的幽靜。

二〇一二年六月，獨自一人來到羊角村，投入羊角村美麗的風情中，心也跟著躍動起來，恨不能立刻將這裡的小路走盡，風景看遍。在羊角村，步步是美，處處是景，讓我這個從臺

靜謐的時光
流走惆悵
2012年6月

北來的遊者，在看景的時候，都忘了時間的悄然流逝……

在羊角村觀景的最好方式便是租一艘電動船，拿著一份簡易地圖，沿著水路一邊找尋方向，一邊賞景，在碧波上蕩漾，不知不覺就過了一個晌午。在這裡，可以欣賞到水道沿岸碧綠的柳樹、青嫩的草坪、古樸的小木屋，甚至有許多房子的屋頂是用蘆葦編織的，充滿了藝術風情。

來到這裡，徜徉在河道的任何一段，都能感受到船與人與自然的完美交融，不同於水城威尼斯，它沿河就是許多高層建築，紅的、綠的，許多亮麗的顏色讓威尼斯充盈在熱鬧的氛圍中。這裡的水流都是柔緩的，低矮的木屋，偏暗的色彩，加上那些橋邊叢生的野草，給人更多原生態的享受。

無論先前是懷著多麼惆悵的心情，到羊角村四處遊走，惆悵也會漸漸消逝，就像小船在水道上划過的水痕，淡淡一筆，最終癒合。望著船後留下的水痕，我常常想，人生何嘗不是如此。漫長的水道就象徵著我們漫長的一生，每一艘小船划過的痕跡，總是在最初的時候留下深深一道浮水印，隨著時間的流淌，浮水印很快就消失了，回首來路，卻已經沒有了任何小船駛過的痕跡了。

坐在小船上遊覽景色，會不時超過前面的小船，或是被後面觀景的小船超過。無論是任何一艘小船，都會在水道上留下一道屬於自己的痕跡，然後被歲月撫平，被笑聲淹沒。

歡樂總能讓人很快忘記憂傷，平靜總能讓人很快成長。

河面的寧靜，環境的寧靜，讓河道顯得深邃而安詳。在羊角村的水道上，乘著小船，徐徐而行，讓我學會將過激的情緒拋棄，學會懷著一顆寵辱不驚的心，不悲不喜，在綠樹水鄉景色中舒展自己的情懷。

人生能經歷多少次這樣平和的享受？在羊角村，不圖心情有多麼愉悅，不圖晚飯有多麼豐盛，單單是這樣淡淡的行走，淡淡的心情，都足以讓人對這裡產生濃厚的情懷。

羊角村教會遊人的是——遠離塵囂，學會淡忘。不管曾經的那個他將自己傷害得多麼深，學會平靜，在平靜中讓歲月洗滌傷口，漸漸癒合的心還是可以擁抱許多美好的事物。

我想起了許多失戀中的男女，在失去的一剎那，哭得天崩地裂，彷彿全世界瞬間都在眼前坍圮了，彷彿失去他／她就失去了全世界，彷彿離開他／她就不可能再找到真愛！困住在這樣的情緒裡，久久無法自拔，不僅讓美好的歲月白白溜走，錯過了景，也錯過了人。

錯過朝霞，就不要錯過明月。

失戀的時候，痛痛快快哭過一場，就該學會收拾心情，讓自己的人生水道恢復先前的平穩、寧靜。學會靜下心，學會不放棄，才不會因為極度的悲傷，極度的惆悵，而錯過許多美麗，要相信人生還有許多更好的人事在等待著我們。

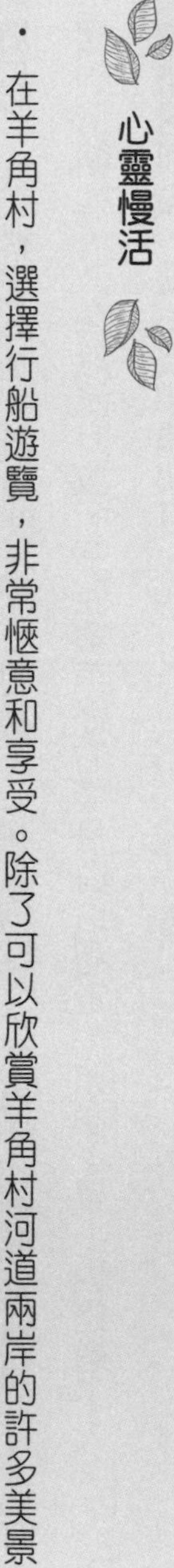

心靈慢活

- 在羊角村，選擇行船遊覽，非常愜意和享受。除了可以欣賞羊角村河道兩岸的許多美景，還可以在船夫的介紹中，更深入的瞭解這裡的一景一情。順著河道緩緩而行，既不費體力，又不需要投資大的資本，就可以享受極大的趣味。
- 羊角村裡有許多家私人博物館，博物館主人可是非常樂意和遊人分享自己的收藏品的，例如各種形狀的水晶原石、各種奇形怪狀的石頭、各種漂亮可人的貝殼、各種樣式精美的瓷器等等。到這些博物館中走走，分享館主的收穫和喜悅，你的內心也會隨著這些新奇玩意兒的闖入和館主熱情勃發的笑臉變得開朗、順暢起來。

二〇一二年七月

愛琴海篇（上）：米克諾斯島——住在風居住的街道

城市教會了我圓滑與世故，自然教會我的卻是本真與美好。

回想起二〇一二年七月的愛琴海，就讓我不得不想起米克諾斯島（Mykonos），在愛琴海上最享有盛名的度假島嶼。

走進米克諾斯島，我能傾聽到的不只是島上呼呼的海風聲，更多的是，這座海島傾其所有帶給遊人的美好心願。米克諾斯島半年對外開放，剩下半年幾乎是在休養，就好比一隻需要冬眠的北極熊，在春季、夏季裡鬧騰，在秋季、冬季裡安歇。

據當地人介紹，每年四月以後是島上的旅遊季節，這時候的米克諾斯島便開始熱情地接待每一位來自世界各地的遊客。大多數遊客來到希臘，來到愛琴海，總會來到米克諾斯島上享受一番陽光和海灘的愜意洗禮，洗掉喧囂，洗掉風塵僕僕。

我選擇了炎熱的夏季來到島上，是因為固執的認為這樣的天氣正好可以更加暢快地享受陽光海灘的獨特韻味。地中海氣候顯得尤為乾燥，來到島上的時候，除了看到純白色的教堂牆面，白屋藍窗的旅館，許多大石板壘砌的厚實屋頂，巨大的風車，平坦耀眼的沙灘，很少可以看到成片綠色的植物。

在我眼中，即使在這裡看不到那些我在臺北已經看慣的綠草植物，看不到鬱鬱蔥蔥的苗圃，成排整齊樹木夾道的景色，我依然對這裡異常眷戀。這裡的海水有如藍寶石，而這裡的海灘給人很清亮、潔淨的感覺。

我曾經埋在沙堆裡，感受米克諾斯島的沙灘給我帶來的溫度。被沙子埋了半截身子，動彈不得，卻感覺很愜意。沒有椰林的沙灘，沒有太多人為痕跡的海灣，在這裡游泳抑或是曬日光浴，都會覺得在和自然展開一場親近、奇妙之旅。

黃昏的時候，最浪漫的是站在米克諾斯島西南邊靠海的小山丘上，迎著海風，看著風車，看著落日，享受傍晚來臨前海岸上奇異的光彩。大自然的美總是那樣驚心動魄，我常常在觀看日落或者日出的時候，抑制不住內心的激動，我總是忍不住要跳躍，要歡呼，盡情揮灑我對大自然的熱愛。

城市教會了我圓滑與世故，自然教會我的卻是本真與美好。當太多虛假的面孔蒙塵了自己的內心時，到大自然中走一走，那些花草樹木、鳥兒蝴蝶、海魚砂礫、細雨和風，彷彿便在不經意間洗掉了滿身塵埃，深呼吸一口氣，總能讓我更加勇敢地去面對任何一個明天。

晚上居住一家靠海的旅店裡，原本擔心晚上睡覺會著涼，便一直把窗子關得死死的。可是躺在床上，卻翻來覆去難以入眠，覺得異常沉悶。我光著腳徑直走到窗邊，打開窗子，一股新鮮的海風迫不及待地從窗子裡灌進來，窗上的風鈴叮噹作響。隨著海風的降臨，房間裡的空間變得新鮮多了，心也變得愉悅起來。我躺在床上，享受著不時一陣窗邊吹拂而來的海風的輕撫，恬然入眠，做了一夜的好夢……

回想在米克諾斯島的海岸旅店裡夜夜做的好夢，我應該感謝這裡的海風。

住在有風居住的城市裡，有風居住的街道，有風居住的旅店，煩惱都會被風吹散。

這樣想著，我竟然得意起來，得意自己當初明智的選擇。

通風的房間，會讓人心情愉悅，反之亦然。我站在窗前，聽著頭頂上的風鈴清脆悅耳的聲響，陷入了沉思。為什麼有時候覺得自己很不快樂，不過是因為自己把心窗關得太嚴，沒有新鮮的風闖入，心情就像一潭死水。如果每天都能像這樣子，打開心窗，透透風，聽聽那些關於美好的聲響，心情自然會變得飽滿，自己也變得快樂起來。

要想一直都快樂下去，除了住在有風居住的街道，打開心窗也很重要。

心靈慢活

- 在米克諾斯島聽海風是一件相當享受的事。坐在這裡的岩石或者小山丘上，遙望遠處的海岸線，看到天空中盤旋的海鷗，看到海面上突然跳起的海魚，看到兩艘小船在競賽，都會讓你覺得生活愜意而美好。
- 米克諾斯島的夜生活相當熱鬧，直到夜間十二點都依然熱鬧非凡。在市中心的小巷裡，你可以隨意欣賞各種畫作、工藝品、珠寶首飾，或者可以找一間有自己喜歡風格的酒吧、咖啡屋，聽聽音樂，享受海島之夜的閒適，快慰而滿足。

註：米克諾斯（Mykonos，又譯作米科諾斯，密克諾斯）是希臘愛琴海上的一個小島，因旅遊業而聞名，是基克拉澤斯群島之一。米克諾斯島面積八十六平方公里，全島主要由花崗岩構成，最高點海拔三百四十一公尺。島上的淡水供應主要來自海水淡化。以風車作象徵的米克諾斯島已成為希臘乃至全世界最受歡迎的度假勝地之一。窄巷、小白屋、或紅或綠或藍的門窗、小白教堂，海濱廣場旁白色圓頂教堂不遠的幾座風車磨坊，更使它成為各島中的佼佼者。

二〇一二年七月

愛琴海篇（下）：

聖托里尼島——尋找心靈淨化之所

到一座小島，做自由的人，每天迎風高歌，伴著海聲入眠，結識來往的遊客，這何曾不是我年少時的夢想。

在米克諾斯島小住了幾日，終於肯離開奔赴下一座小島——同樣位於愛琴海的懷抱中的聖托里尼島（Santorini）。我帶著欣喜的心情前往這座海島，因為對它早有耳聞。

除了米克諾斯島，聖托里尼島是希臘另一座倍受遊客青睞的度假海島。它距離米克諾斯島僅僅只是五個小時的航程。

初上小島的時候，我的眼前被一幅奇妙的畫卷征服了。遍地紅褐色的土壤，山崖處、腳下、土墩，彷彿紅褐色的外衫罩在了整座島上。走在這裡的土地上，會覺得格外新奇，心情也會大好，甚至都有迎風跳躍的衝動。

聖托里尼島月牙形的主島周圍，還散落著一些小型的島嶼。在聖托里尼島主島上逛夠了風景，我便坐船去了零星散佈在聖托里尼島附近的納亞卡美尼，據說它是一座活火山島。上島後，去看了火山口，周圍一片焦黑色的岩石，在這塊黑色的土地上，望不到一點綠意，彷彿死亡之島，又像一座被施了咒語的島嶼。在納亞卡美尼上享受片刻的愜意，不時會聞到一股淡淡的硫磺味，起風時，硫磺味漫溢的小島，總是讓人感受到奇蹟存在的氣息。

相較而言，在聖托里尼島我最喜歡的還是主島，這裡四處張揚著自由、隨性的氣息。在這樣的旅遊高峰季，因為許多酒店爆滿，常常可以看到來旅遊的人們隨意一個睡袋，一個小帳篷，就在這裡的石頭壘成的平頂房上呼呼入睡。每當夜間，看到平頂房上照射出的手電筒光或是帳篷裡朦朧的一點燈光，都會讓人覺得這個小島充滿了諸多玩味的氣息。

今夜來到這裡，彷彿這樣的夢想就近在咫尺。握著夢想的手起舞，青春逆流，多少美好的期盼，多少記憶的回流，都在此刻凝成了最美的夢境……

每天清晨在島上漫步，放眼望去，常常可以看到一片白色的房子，就像一群白鴿，靜靜佇立在山崖頂上。這裡的山崖都是紅褐色的，讓我不禁聯想到自己在這片有趣小島上的各種美好的開始。

開始想不明白為什麼島上的居民要把房屋建到那麼高的山崖上，後來聽了當地人的一些解說後終於明白了。原來幾個世紀以前，這座美麗的小島經常遭受海盜的騷擾，為了安全，人們就開始儘量把自己家的房子往高處建。

住在高處，可以讓自己不那麼快地遭受傷害；

住在高處，可以俯瞰大海的美景；

住在高處，可以讓自己的心靈找到最優雅的居所。

何曾想到過這樣的感想？獨獨是走在了聖托里尼島上，看到那些建於紅色山崖頂上的小房子，內心開始動容起來。

熱戀的時候，感覺自己是多麼愛他啊，願意為他付出一切，哪怕是生命。在感情的世界裡，為何努力付出了，卻換不來他的愛情？為何越不想受傷卻越會受傷？許多時候，自己感覺內心很受傷，不過是因為自己把自己放在了最低的位置。

如果能活得高傲一些，就像聖托里尼島上那些位於高處的小房子，可以站在高處俯瞰傷害的侵襲，不是可以讓自己生活得更快樂一些嗎？學會把自己擺放在高處，學會自愛，也許才是減少感情傷害的最好方式！

心靈慢活

- 在聖托里尼島上拍照，尤其是拍婚紗照的外景，無需任何雕飾，拍出的照片都會是一片色澤豔麗、清新脫俗的唯美效果。置身在這裡的美景中，耳邊聽著不遠處飄來的希臘音樂，擺出各種姿勢，四處閒逛拍照，真是愜意的一天！
- 到聖托里尼島上，可以嘗嘗這裡盛產的葡萄、橄欖，品品本地人自釀的葡萄酒，你會驚訝地發現——許多美好的食物並不是因為它足夠美味而稱為美好，而是它的心意源自一雙勤勞的手，一顆熱情的心。

註：聖托里尼島是在希臘大陸東南兩百公里的愛琴海上，由一群火山組成的島環中最大的島嶼，別名錫拉島。面積約七十三平方公里，人口約一萬四千餘人，多為希臘人。島上陡峭的山崖呈紅褐色，山崖的頂端是一片藍白相間的建築。據説，該島位於世界兩大大陸板塊最深的海溝之間，原來是圓形的。三千五百年之前的一次火山爆發，島嶼被震出一個大洞，一大塊月牙形的就成了主島，周圍還有幾個小島，其中一個小島納亞卡美尼至今還是活火山。

二〇一二年八月

每個人心中都有一座「天鵝堡」

人總是這樣，身在幸福，還要仰望別人的幸福。

二〇一二年八月來到德國菲森鎮，目的只是為了去看看心中那座童話城堡，那個承載了巴伐利亞國王路德維希二世一生夢想的城堡。來時的路上烏雲密佈，沒想到到了菲森，竟然已是烏雲散盡，陽光燦爛。

一般前往新天鵝堡可以選擇坐馬車，坐著馬車行走在路上有點中世紀歐洲的感覺，新奇的感覺往往讓人的心情變得很high。不知道是不是因為大雨洗過的原因，沿路的景色異常新綠，彷彿整個世界都被清洗過了一般，樹是新鮮的，泥土是新鮮，空氣也是新鮮的。

我走在通往新天鵝堡的林蔭路上，路邊的林木筆直高聳，樹葉蓬鬆層疊，幾乎遮蓋住了頭頂上的天空。遇到樹葉稀疏的地方，有陽光穿過樹葉與樹葉交疊的縫隙投影到路面上，星星點點的，好像夜空中眨著眼睛搖曳的繁星。

路上遇到許多騎著自行車自助旅行的背包客，很酷的著裝加上青春洋溢的笑臉，讓我不禁心生許多羨慕。人總是這樣，身在幸福，還要仰望別人的幸福。一路的行走，已經漸漸讓我瞭解自己，瞭解自己想要的，明白自己未來想成為怎樣的人。

大約十五分鐘左右，就到了新天鵝堡腳下，綠樹叢中掩映的城堡實在太具夢幻色彩，尤其是我這樣喜歡幻想的人，看到這座充滿童話氣息的城堡，我的身心已被牢牢吸引住了。那熟悉的古堡尖頂，極具藝術特色的建築風格，加上周圍景色的陪襯，宛若仙境。

新天鵝堡是迪士尼電影工廠片頭當中城堡造型的原型，當多年嚮往的美麗城堡真實地呈現在眼前時的那種興奮心情可想而知。新天鵝堡讓我想起了王子和公主幸福生活在一起的美麗童話，也讓我想起了在愛情的憧憬中孤獨一生的路德維二世。

不管怎樣，眼前這座城堡都承載了人們太多美好的想像。許多電影、漫畫，例如《神奇寶貝：夢幻與波導的勇者》，漫畫《聖鬥士星矢》，都是以新天鵝堡為場景藍本。而這座城堡的外型也激發了許多童話城堡的靈感，例如美國加州迪士尼樂園和香港迪士尼樂園的睡美人城堡，東京迪士尼樂園的灰姑娘城堡等。

有人喜歡晴空麗日下的新天鵝堡，看起來清亮美好；

有人喜歡被白雪覆蓋的新天鵝堡，看起來深處安寧；

馬車夫說他喜歡電閃雷鳴中的天鵝堡，有種說不出的強大力量；

我想我最喜歡的應該是雲霧繚繞在新天鵝堡的尖頂上空時的情景，這樣顯得靜雅而神秘，彷彿城堡裡隨時都會發生一些我意想不到的奇妙的事情。

不管是麗日下的，還是白雪覆蓋下的，抑或是雲霧繚繞中的，甚或是暴雨中飄搖的天鵝堡，都煥發著美好的獨特的光芒。

每個人心中都有一座「天鵝堡」，那裡應該充滿了美好的想像和對真善美的嚮往。

回來的路上在和馬車夫的交談中，我為曾經自己的偏執感到好笑——曾經私下以為天鵝堡在朗朗豔陽、滿山秋色時，和在雲霧縹緲、如夢似幻時，是最漂亮的。原來有的人，像馬車夫這樣的，居然還喜歡雷雨中的天鵝堡，想像中那該是怎樣熱情而富有戰鬥力的畫面？在暴雨中永生的城堡，將是另一種姿態吧！我不由得心生感慨。

生活中，常常會因為自己的偏好而拒絕許多新奇的嘗試，如果生活還可以重來的話，我會試著再去嘗試一些自己從來沒有嘗試的事情。看看別人眼中的世界，品嘗別人口中的美味，嘗試另一種趣味人生，這將是多麼美好的事情。

有時候，幸福不單單是將自己的幸福與人分享，還要學會分享別人的幸福。

心靈慢活

- 舊天鵝堡和新天鵝堡相距不遠，在造訪新天鵝堡的同時可以去看看舊天鵝堡。從馬里恩橋到天鵝堡的路上有個瞭望臺，站在瞭望臺上可以瞭望到掩映在湖光山色中的舊天鵝堡，有時候觀景，近距離的觀看不如遠距離的欣賞讓人難忘。
- 位於新天鵝堡和舊天鵝堡的西南山間，便是周長約五公里的 Alpsee 湖，Alpsee 湖水清澈怡人，湖周是密佈的叢林，湖中常常有許多野天鵝在此嬉戲，看到了想見的天鵝堡，再看到這片別有洞天的湖泊，會讓你更加愛這片天地。

第四章

行走中何處安放的青春

旅行是一門帶著想像色彩的藝術，走得愈多，獲得想像的色彩愈斑爛，此時，你便可以拿起你的筆，描繪一幅生命的壯錦。

二〇一一年一月

讓生命來一場藝術的洗禮

他將人性的力量、健美、頑強、勇敢、自由、奮鬥等一系列的品格都融入了每一座雕塑作品中，於是這些作品在觀者的心中都「活」了過來……

二〇一一年一月在義大利遊走，慕名於米開朗基羅的「大衛」，當我居住在佛羅倫斯的時候，便決定去佛羅倫斯學院美術館親眼見證這座藝術界的奇蹟雕塑。

來到美術館前已是人山人海，大家拍著佇列，耐心等候著，約莫過了一個小時，終於輪到了我。此時此刻，焦灼的心情頓時煙消雲散，取而代之的便是興奮與激動，我決定在這所歐洲最早的美術學院內，讓自己享受一場藝術的洗禮。

佛羅倫斯是一座盛產藝術的城，學院美術館收集了十三世紀至十六世紀佛羅倫斯畫派和米開朗基羅的雕刻作品，這裡除了有練習繪畫用的雕塑，還有許多神龕畫像，比如木板蛋彩畫「仁慈的聖母」、「聖奧古斯丁」，木板油畫「放下十字架的耶穌」等。每一幅畫像都充滿了義大利本土的藝術風情，看的時候，會不知不覺聯想到自己在義大利生活的點滴。

雕塑「大衛」是美術館的「鎮館之寶」，「大衛」雕塑連同米開朗基羅另外的作品被陳列在館內圓形大廳前的一條長廊兩側。第一眼看到「大衛」的時候，我的眼睛震撼了，栩栩如生的「大衛」讓人覺得那簡直不是一座雕塑，而是一個活生生有血有肉的青年人，他的右手持著石彈，左手拉著繩子，準備借助彈力，將石彈投向敵人。他那微微蹙起的眉，面對危難毫無畏懼的神情，讓觀者動容。

雕刻真是一門不可思議的技藝！「大衛」健美的形體被雕刻得幾近完美，一股青春的力量直逼體內。在欣賞的時候，我聽到有導遊介紹說，米開朗基羅在雕刻的時候，為了更好的把握人體的構造，他親自解剖了好幾具屍體，這樣的敬業精神讓人可敬。站在大衛雕塑前，似乎可以清晰看到他手臂上凸起的血管和皮膚上的每一個細微皺摺。

除了「大衛」，米開朗基羅創作的雕塑「奴隸」也深深震撼了我——他們雙腳陷入大理石中，彷彿在極力掙脫腳下的「鐐銬」，極力擺脫束縛，他們的眼睛蓄滿了對自由之光的期盼。

我看得有些愣怔了。相較在其他地方看到的雕塑，米開朗基羅手下的這些雕塑，更讓人震驚和感動。他將人性的力量、健美、頑強、勇敢、自由、奮鬥等一系列的品格都融入了每一座雕塑作品中，於是這些作品在觀者的心中都「活」了過來……

是怎樣的藝術才能夠給人如此多的感動？在回想這個問題的時候，看著美術館內的雕塑，我彷彿有了答案。那是一種對生活的愛與美，對生活的細緻入微的領悟，才能夠造就出這樣偉大傑出的作品。

有人說，來到佛羅倫斯沒有看到大衛原作，是不完整的旅程。因為在美術館裡看到，因為在看的過程中領悟到一種精神與力量，我對這樣的說法表示極度的認同。一個小時的等待，是值得的。在這裡可以讓蒙塵的心接受一場藝術的洗禮，在這裡還可以拾起一段遺落的時光。

當人生感到失意、覺得生活黯淡的時候，想起學院美術館內那些攝人心魄的藝術作品，就會覺得生活並不是那麼灰暗和不順。

生活本身也許是粗鄙的，經常設置許多屏障、坎坷讓人們去跨越，意志頑強的有心人會將這些阻礙和磨難當成生活的跳板，在困苦中鍛造勇氣與力量，努力躍上成功的舞臺，就像米開朗基羅，就像米開朗基羅手下的那些雕塑作品。

從生活的困苦中來，卻造就了人性的藝術。

我凝望著眼前的「大衛」，在心底向這座偉大的雕塑作品和它的創作者深深鞠躬。這是一段難忘的心靈之旅，是他們告訴了我，在生活中掙扎奮鬥也是一種美。

心靈慢活

- 在學院美術館裡，除了繪畫作品和雕塑作品，還陳列出了許多西洋樂器，這些樂器靜靜陳列在美術館一隅，讓人覺得美術和音樂是分不開的。也許義大利人眼中的藝術多是需要這樣的「聲」「色」交相映襯的吧！
- 學院美術館附近一些巷子裡常常有鴿子停落，走出美術館，到附近的小店買上一片現烤的麵包或者一份現做的三文治，讓美食果腹的同時，坐在石凳上看著鴿子停停落落在腳邊覓食，眼前展開的生活畫卷彷彿就在一剎那間變得靈動有趣起來。

二〇一一年一月

佛羅倫斯，當理想成為一座雕塑

那些美麗的建築就像一件藝術品，靜立在晨曦中，並將光影投射在每一位遊客的心中，讓人心靈為之震顫。

想起二〇一一年一月的佛羅倫斯之旅，在我的記憶深處留下了許多眷戀。不論是佛羅倫斯的美術學院，還是「大衛」雕塑帶給我的深刻印象。在佛羅倫斯遊走，就像一條魚兒游弋在藝術的海洋，這裡蘊藏著太多的藝術瑰寶，也藏匿了太多尋夢者的足跡。

早上醒來，按照慣例，先享用一杯香濃的咖啡，然後再開始一天的行走——來到義大利我已習慣如此。我喜歡在佛羅倫斯的街頭四處遊走，不管走到哪裡，都能感受到如影隨形的藝術氣息。穿過聖瑪麗廣場到共和廣場，約莫十五分鐘的路程，卻可以欣賞到沿路許多人文風情。

走在佛羅倫斯的街頭，我常常驚異於這裡的景色，彷彿處處是景。若是拿著相機拍攝，不需要有多麼專業的攝影知識，有多麼高超的攝影技術，隨便拿起相機拍下眼前的景色，洗出來的照片都是一幅絕美的風景畫。這裡的建築、噴泉多半給人古老、悠久的感覺，就像一位位歷經滄桑的老嫗，滿懷著故事，融入歷史的潮流。

不知不覺走到市中心的聖喬萬尼主座教堂廣場，這裡矗立著一座偉大的歌德式建築——聖母百花大教堂。教堂外面白色的、綠色的、粉紅色的大理石拼成各種幾何圖形，遠遠看去，彷彿教堂週邊花團錦簇。

這座教堂，除了具有教堂本身的宗教特質外，還融入了一種超然的想像。據當地人說，在建造這座教堂的時候建築設計師並沒有事先繪過圖紙，而是完全憑空想像建造的。站在這座藝術瑰寶前，我完全被設計師的想像所折服。藝術來源於生活，之所以又高於生活，也許是因為——這裡充斥了許多大膽的想像！

在佛羅倫斯四周，到處都可以感受到追逐藝術、追逐夢想的氣息。位於佛羅倫斯市中心的市政廣場，更是讓人誤以為走入了一座露天雕塑館。這裡擺放著許許多多形態各異的雕塑作品，曾經米開朗基羅的「大衛」雕塑也擺放在這裡，免費供熱愛藝術的人臨摹、寫生。雖然後來為了對這座藝術品進行維護和更好的保存將其移入了美術博物館，但是曾經擺放過這尊雕塑的地方，依然擺上了一座複製品。

在佛羅倫斯，所有的空間都幾乎被藝術所佔據。我徜徉在街頭巷陌，找尋著文藝復興時期留下的藝術痕跡。這裡的繪畫、雕塑、文學都遠遠走在歷史的前位。

沒有一座城，能如它這般連空氣裡都浮動著藝術的塵埃……

佛羅倫斯的藝術氣息讓人感動，並激發著人們心底對藝術和夢想更執著的追求。這裡有達文西、拉斐爾、米開朗基羅、但丁、伽利略……將來還會出現更多的尋夢者，前赴後繼！這裡蘊藏著奮鬥的氣息，也蘊藏著對美的追求。

夜間回到居住的酒店，躺在柔軟的床上，回想行走時所遇見的街頭寫生者，小店中遇到的精美畫像，聖母百花大教堂的宏偉美好，以及廣場街頭的雕塑作品，我的心情再也無法平靜下來——追逐夢想的城市，必將被夢想所追隨，佛羅倫斯就是這樣一座城。

有時候，我常哀歎自己的夢想像一灘爛泥，看著就讓自己洩氣。當夢想在心底變得越來越迷茫的時候，該如何去重塑它呢？成功的人，面對自己的夢想被生活打擊成一灘爛泥時，不是選擇放任，不是選擇丟棄，而是一點點將其重塑成心中夢想的那座雕塑。

融入佛羅倫斯這座藝術殿堂，我似乎知曉了這個問題的答案——**激發內心對夢想的追求，並持之以恆地堅持！**

心靈慢活

- 在佛羅倫斯，可以探訪到許多名人故居。例如但丁的故居就位於市政廣場旁邊一條幽靜的小巷中，小巷被命名為「但丁街」。探訪的意義在於——去瞻仰文藝復興時期這些偉大的藝術家，讓腦海中的知識具象化的同時，也讓行走變得更加有意義。
- 佛羅倫斯這座藝術之城，藝術學院薈萃，美術學院、時裝學院、設計學院。在佛羅倫斯遊玩的時候，不妨到這些藝術院校中走走、看看，感受這裡濃鬱的藝術氣息和奮鬥氣息，也許不經意間，就會激發自己的夢想，找回自己曾經那顆朝氣蓬勃的心。

二〇一一年二月

比薩洗禮堂——洗盡鉛華人不識

如果洗禮堂真的可以洗盡鉛華，我願意在這裡日日洗禮，直到將自認為的「罪孽」洗清，重新做一個潔白的人。可是人性如此多的汙點，要何時才能洗清？

談到洗禮堂，讓我不得不想起二〇一一年二月在義大利比薩城遇到的比薩洗禮堂。最初只是沖著伽利略做「兩個鐵球同時落地」的實驗去的比薩斜塔，沒想到竟讓我遇到了比薩洗禮堂，並對這座洗禮堂產生了一種難以忘懷的情愫。

比薩城並沒有我想像中的大，花上四五十分鐘就能夠將城區主要景點看完。走到奇蹟廣場，比薩洗禮堂就坐落在比薩大教堂的前面，與比薩斜塔同在一個磚牆圍起的大院子裡。遠

洗盡鉛華人不識
2011年2月

遠看去，比薩洗禮堂就像一個碩大的白色帳篷，好像要將腳下的一小片土地跟外界隔離開來，重造一個聖潔的世界。

但凡洗禮堂都是給人洗禮的地方，想到它的真正用途，在參觀的時候，我的內心充滿了神聖感。洗禮堂採用了羅馬式的建築風格，圓頂上立著一座三公尺多高的施洗約翰銅像，洗禮堂內有應景的雕塑作品《誕生》，這一雕塑作品出自雕刻家尼古拉．皮沙諾之手，描述了耶穌降生時候的情景，洗禮堂內充滿了濃厚的宗教色彩。

比薩洗禮堂的講道壇的浮雕裝飾據說是尼古拉．皮沙諾從比薩墓園的羅馬石棺上獲得的創造靈感，那些浮雕栩栩如生，就像一幅立體畫卷。加上洗禮堂內採光效果特別好，進入的時候，彷彿看到了另一個光明神聖的世界。這裡就像通往仙界之門。洗禮堂內擺放著一個碩大的洗禮盆，據說這個洗禮盆就是專門讓身體浸水接受洗禮的。我對神化的上帝並沒有太多的感應——相信唯物論的我，到了洗禮堂內，卻突然感受到了一種來自宗教的神聖感。

如果洗禮堂真的可以洗盡鉛華，我願意在這裡日日洗禮，直到將自認為的「罪孽」洗清，重新做一個潔白的人。可是人性如此多的汙點，要何時才能洗清？遇到不開心的事發洩的憤怒，遇到利益分割時不自覺生出的算計，遇到痛苦時輕賤生命的絕望，遇到愛情時不管不顧的自私……這些負面的品格就像海藻，將我的心重重纏繞。

在閱讀的時候，看過這樣一個哲理故事：冬天裡，有一隻小鳥冷得幾乎凍僵了，飛不動的牠只好降落到一塊石頭上，碰巧這時候有一頭牛經過在牠身上拉了一堆牛糞，熱烘烘的牛糞讓小鳥感到異常溫暖，情不自禁唱起歌，歌聲引來了一隻野貓，野貓發現了躺在牛糞堆裡的小鳥，毫不猶豫地將小鳥拽出來吃掉。這個故事告訴了我——**生存，不是每個把你從糞堆拉出來的人都是你的朋友，也不是每個往你身上拉屎的人都是你的敵人。**

面對自己曾經做過的錯事，總是以忘卻來逃避。長大後，形成了倔強的個性，自己最不願聽到的就是旁人的批評與指責，一旦做錯了事情，聽到母親、朋友、同事或者上司的指責，我就會閉住耳朵，內心祈禱時間過得快些再快些，好讓他們閉上嘴，忘記我的錯誤。

在比薩洗禮堂行走的時候，我似乎明白了「洗禮」的含義。為什麼那麼多的人渴望被洗禮？為什麼我總是犯同樣的錯誤？人生何處沒有洗禮堂，想要洗掉身上的臭毛病，不再犯下同樣的錯誤，不妨打開耳朵，接受周圍親人、朋友、同事、上司的批評，這些「難聽」的話，這些「臭烘烘的糞」，也許才能夠真正幫助自己，洗盡鉛華，迎來重生。

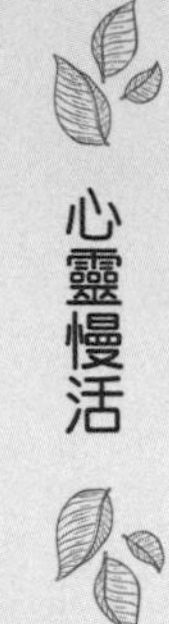

心靈慢活

- 在比薩城，自然要去看看比薩斜塔，這座建起來後逐漸傾斜的白色高塔，就像一個奇蹟，和比薩洗禮堂、比薩大教堂一起靜靜矗立在「奇蹟廣場」上。聽再多關於比薩斜塔的傳奇描述，不如親自造訪，自己體驗斜塔的魅力。
- 比薩的夜景有著小家碧玉的氣質。晚上享用完一份正宗地道的意式披薩晚餐，然後迎著涼風，走在比薩城中，感受這裡的氣候，感受這裡的街景，感受這裡的人文氣息，在行走中，感受心的沉靜，不失為一種愜意的休息方式。

二〇一一年二月

在精神中流轉的薩爾斯堡

突然發現畫上的景色跟現在自己所看到的薩爾斯堡的景色幾乎是一樣的，幾個世紀歷史的更迭變化，任何一座城都該換上新的容顏，唯獨薩爾斯堡依然平和地沉浸在自己的世界中……

二〇一一年二月從義大利輾轉到奧地利，來到了薩爾斯堡，原本只是衝著音樂天才莫札特的出生地而去，沒想到這座四處洋溢著音樂氣息的城市，這座冬季裡依然佈滿生機的城市，這座連商店招牌都顯得那樣景致可愛的城，卻讓我駐足良久，遲遲不肯離去……

不得不說美麗的景色最養人，在薩爾斯堡遊走的每一天，我都心情都充盈在幸福的光芒裡。在薩爾斯堡，隨處可以看到「莫札特」的影子，好像這位天才音樂家不曾離開過這座城；

在薩爾斯堡，隨處可以看到令自己心動的景，將薩爾斯堡分成新、舊兩城的薩爾斯河，每當暮色降臨，城與河交織的美景，恰似天上的街市，讓行走的我一度認為自己不小心誤入了仙界……

作為薩爾斯堡州的首府，薩爾斯堡在我的想像中應該是一片異常繁華的街景，應該是一座充滿了商業氣息的城，令我有些意外的是，薩爾斯堡除了對「莫札特」狂熱的喜愛四處都有莫札特的痕跡之外，它卻是一座單純的城，一座最適合徒步漫遊的城。這裡的景色恬靜、優美，就像一汪寧靜的湖水，在寂靜中展現自己清純剔透的特質。

來到薩爾斯堡，除了一天必須的睡眠，我幾乎將時間全部用在了遊走在薩爾斯堡街頭巷陌之上。這裡的景色讓我百看不厭，尤其是爬上霍亨薩爾斯城堡，站在至高點上遙望薩爾斯堡全景：各種歌德式、羅馬式、巴洛式的尖塔頂和房屋穹頂在眼前遠近交迭，次第聳立，而周圍的綠色的山脈就像母親的手臂，環著整座城的建築，依山傍水的城，就像樂章上躍動的音符，在霞光中秀美可人。

沐浴在美景中，我的心境變得平和而安詳。也許只有這樣美好的景色，才可以孕育出莫札特這樣的天才音樂家吧！幾日的遊走，竟讓我漸漸淡忘了此行的初衷，造訪莫札特的故居彷彿成了次要的事情，而主要的事情變成了將整座城市的巷陌走遍，美景看遍。

在街頭遊走的時候，遇到一幅十七世紀的彩銅版畫，畫上描繪了薩爾斯堡某個夏日午後的景色，回想自己幾日裡深度遊走薩爾斯堡，突然發現畫上的景色跟現在自己所看到的薩爾斯堡的景色幾乎是一樣的，幾個世紀歷史的更迭變化，任何一座城都該換上新的容顏，唯獨薩爾斯堡依然平和地沉浸在自己的世界中，保持著自己的原汁原味，堅守著一種與世無爭的境界。

這樣的一座城，愈發讓我感動起來。許多城市留住古蹟的方式是重建，並加以補充，而薩爾斯堡卻是留守自己最本真最原始的姿態。

變化的是四季，不變的是這座城市的景，這座城市的靈魂。

歲月不僅可以讓一座城發生改變，而且可以讓人改變，可以讓「過去」泯滅在記憶中。生活教會人變得殘忍、自私、冷漠，時隔一段時間，便常常聽到有人發感慨：「我已經不是過去的我了！」一平淡的一句話，卻暗含了各種複雜的情愫，歲月易逝，容顏易老，有什麼可以守住純真，守住內心的平和，守住幸福的心境呢？

行走在薩爾斯堡的美好的景色中，沉重的心境忽然間豁然開朗起來，我明白了我為何如此喜歡這裡的景色，因為這裡有「莫札特」帶來的精緻與美好，更重要的是，薩爾斯堡讓我看到不曾改變的歲月。

也許精神真的可以駐守青春，就像薩爾斯堡。

心靈慢活

- 想要真正感受莫札特生活過的「音樂之鄉」薩爾斯堡，在薩爾斯堡購物將是不二的選擇，在購物的時候你會發現人們對莫札特的喜歡幾乎到了癡迷的地步。在這裡，你會遇見滿是五線譜的雨傘、印有莫札特頭像的巧克力、印著莫札特的明信片等等。
- 去莫札特故居參觀也是十分享受的。這座位於薩爾斯堡糧食街的莫札特故居，街道附近開著許多家精美的商店，在這條古色古香的街道上行走，欣賞各式各樣的鐵製招牌。在這裡，小小的發現總會讓人的心情無比愉悅。

二〇一一年二月

與維也納音樂廳的「天使之約」

那些刻意安排的行程，只會讓人疲憊，就像有些事情，刻意去做，只會讓表面看起來光鮮亮麗，背後卻要負載太多難言的心酸。

從薩爾斯堡來到維也納，不顧旅途奔波，我便急著去造訪維也納的音樂廳，恰巧趕在下午時分，還可以買票參觀。

有人詫異我的旅程，總是不按常理出牌，每到一處地方，如果不趕時間的話，許多人都會選擇稍做休息停頓，在酒店附近走走看看，次日再去遊覽當地的景點。我願意這樣，想看的時候就風風火火，累的時候哪怕是路過景點門口，也會選擇先行離去，趴在床上飽睡一頓，或者找間咖啡屋閒坐。

隨性地行走，讓我越發瞭解自己內心想要的東西。

這便是"天使之約"
2011年2月

在離開薩爾斯堡的前一個晚上，我做了一個關於維也納音樂廳的夢，也許是出發前，翻了太多關於音樂廳的資料，看了太多人的頌讚，晚上作夢便夢見自己隨著一群天使走進了那座輝煌的音樂殿堂，坐在觀眾席上，聽天使們歌唱。美好的夢，讓我對維也納音樂廳多出了許多熱切的期盼。

列車抵達維也納的時候，已經是下午，可是心中有團火焰一直在熊熊燃燒，它迫使我不得不立即趕往維也納音樂廳，去看看夢中的那場「天使之約」……沒想到還可以趕上。遠遠看去，和一些歐式建築並列在一起的維也納音樂廳就像一棟龐大的會議室大樓，並沒有其它出奇的地方，簡直讓人難以想像這裡就是聞名於世的維也納新年音樂會舉行的地方，這裡就是音樂愛好者們趨之若鶩的地方！這樣平凡的外部構造，混在周圍的歐式建築中，顯得很不起眼。看著看著我的心開始有些許失落，興奮、好奇的情緒霎時銳減了幾分。

從音樂會場的售票亭買到票後，我還是懷著一絲好奇走進了這座著名的愛樂協會大樓，去尋找夢中嚮往的金色大廳。進入的瞬間，我之前有些失落的心情煙消雲散，取而代之的則是對音樂廳內部華美的景色的驚歎。

音樂廳裡的穹頂裝修得異常精美，四處是一派金碧輝煌的氣息。金色大廳上整齊排列的座椅全都是木質結構，給人很典雅的感覺，彷彿是幾個世紀之前當地居民留給子孫後代的「古董」，搭配著整個廳內的雕刻，顯得古香古色。廳頂正中，懸掛著十盞水晶燈，往下垂吊的感覺就像盛開的黃色牽牛花，閃爍著暖暖的光。

我在欣賞廳裡的景色的時候，竟看得有些癡迷了，金色的裝飾迷惑著我的眼，蠱惑著我的心，讓我的心充盈在盛大的藝術美感中久久難以自拔。金色大廳隔壁便是莫札特廳，剛從薩爾斯堡趕來，在維也納遇到「莫札特」便如故人重逢，心中又增添了許多喜悅。

不知不覺走到排練廳，只見廳裡架子鼓、鋼琴、座椅、歌譜聚集成一片貌似凌亂其實整齊歸類的奇蹟場所，裡面有人在練習小提琴，悠揚的小提琴音，似乎在拉著同樣的曲調，卻每一次都拉出不一樣的味道，好似人生酸甜苦辣澀的經歷。

在音樂廳裡，聽著這樣一段小提琴音，腦海中回想著音樂廳外部平凡得不能再平凡的建築外形，音樂廳內四處一片金碧輝煌的場景，以及這裡播灑出的美妙的音樂，我的心久久不能平靜——這裡是音樂的聖殿，這裡的音樂清澈如天使的眸，就像我夢中那些天使們的歌聲，用美好和幸福做成羽翼，讓聽者翱翔在聲樂的海洋裡，享受生活的藝術。而真正能夠享受生活的藝術的人又有多少呢？

在生活中，我們常常專注於一件事情的表面，最終讓自己錯失了許多的美好。在做事的時候，**不要只在乎它「看起來怎樣」，而應該多想想「做了會怎樣」**，而在與人交往的時候，更應該懂得避開他表面的浮雲，才能看到他內心的芳華。做事如此，交人如此，生活如此。

走出維也納音樂廳的時候，我突然覺得這座有著平凡外表的音樂廳讓我覺得比先前多了一分耐人尋味的美，就像一朵盛放的月季，就像一隻歌唱的黃鶯，在陽光下閃著幸福的光芒……

心靈慢活

- 到了維也納，一定要到維也納的金色大廳聽一場音樂會才不虛此行。融身在金色大廳美輪美奐的建築雕飾中，享受一場音樂盛宴，讓自己的思緒隨著音符自由跳躍，能在聲樂的海洋中陶醉，未嘗不是一種享受！
- 維也納音樂廳內還設立收藏館和檔案室，收藏館定期會舉行收藏品展覽活動；檔案館內搜集了莫札特、舒伯特等音樂大師的各種手稿。在維也納音樂廳傾聽這些帶著歷史足音的收藏品的私語，也許在不經意間就獲得了許多人生的感悟。

二〇一一年二月

維也納歌劇院：青春，如一場歌劇

遊走在維也納的每個公園、廣場、街頭，到了美泉宮看噴泉，看過了百水屋風景，看遍了美景園風景，登上了南塔俯瞰過維也納整個內城的景……卻每每與維也納歌劇院錯過。

在維也納聞名世界的除了音樂會，就是歌劇了。作為奧地利首都的維也納，就像的一朵盛開的鮮花，吐露著自己的芬芳，我循著蹤跡而來，帶著美好離去。維也納歌劇院在我的腦海中，留下了難以磨滅的記憶。

維也納歌劇院坐落在老城環形大道上，來到歌劇院參觀，已經是在維也納行走多日後。

做為世界上最著名的歌劇院之一，我在行走的時候，經常路過它，整個建築的恢弘讓人有種皇家參議院的感覺。基於這樣的感覺，我對這座歌劇院起初並沒有產生太大的興趣。遊走在維也納的每個公園、廣場、街頭，到了美泉宮看噴泉，看過了百水屋風景，看遍了美景園風景，登上了南塔俯瞰過維也納整個內城的景……卻每每與維也納歌劇院錯過。

在別人眼中「著名」的景，在自己的眼中未必是。

就像每個人都有不同的信仰，不同的喜好，就像世界上找不到兩片相同的樹葉。走在維也納，我遵循著自己內心的意志，想去哪裡遊玩，都是隨性而發。

討厭擁塞，討厭排隊，甚至討厭人聲嘈雜的場所，自己好像患上了「人群恐懼症」，在那些人群眾多的地方，我時常覺得煩躁，只想盡快逃離。自己一路走著，一路觀看，內心在做著對話，沒有人打擾的心境，變得很純很自信。原以為，我和歌劇院就此會錯過。沒想到機緣巧合，在一個飄著小雨的早晨，我卻不經意間走進了它的世界。

原本想去咖啡店享用一杯味美咖啡，卻沒想到半路飄起了小雨，看著雨有下大的趨勢，我決定找個地方暫時躲避一下，沒想到歌劇院的屋簷就成了那日的「避難所」。在歌劇院的屋簷下，已經有許多遊客站在那裡躲避這場出其不意的雨。百無聊賴的我就這樣改變了原先的計畫，懷著一絲好奇參觀了這座「避難所」。

維也納歌劇院仿照的是義大利文藝復興時期大劇院的樣式，建造起來的一座高大的方形羅馬式建築，淺黃色的大理石讓它的外表有一股皇家復古的韻味。整體結構富麗堂皇，讓我看得有些撩亂。據說這座歌劇院最能反映哈布斯堡王朝的奢靡之風。

走進劇院內，在休息廳和走廊的牆壁上掛著許多油畫，這些油畫展現著每一場話劇的精彩畫面，靠近主梯的回廊上端還有舒伯特、瓦格納、施特勞斯父子等音樂巨匠以及歷任劇院經理的半身塑像，走進最裡面，便可以看到恢弘的歌劇舞臺。

慕名而來的遊客還是很多，我在參觀的時候，竟忘了自己置身在人群中，因為參觀的遊客多顯得禮貌而安靜。有帶隊的導遊用英語介紹說：「維也納歌劇院是全世界公認的第一流的歌劇院，全世界著名的作曲家、指揮家、演奏家、歌唱家、舞蹈家無不以在這裡表演為畢生的追求。這裡每年有將近三百場演出。最了不起的是，節目沒有一天是重複的……」聽到這的時候，我突然覺得對這座「富麗堂皇」帶著點奢靡氣息的歌劇院產生了一絲莫名的情愫……

想到這裡的歌劇每一天都不重複，就覺得極其偉大。維也納歌劇院並不是靠著自己繁複華麗的外表博得美譽，之所以可以堪稱世界之最，原來是基於這樣偉大的演出。我突然感慨，青春何嘗不是如此！青春就像一場歌劇，每個人的青春都是不同的歌劇，要想讓自己的青春過得充實而豐富多彩，是需要多少「後臺的磨礪」才可以達到自己想要的效果。

在歌劇院一走，內心多了一份對歲月的思考。也許我該重新整裝出發，該更加努力，才能在青春的歌劇舞臺上上演一齣別樣的、屬於自己的、帶著自信與活力的歌劇。

心靈慢活

- 維也納作為藝術之都，在維也納行走就像步入了一座藝術天堂，這裡的音樂能夠陶冶人的心情，這裡的歷史建築就像一幅藝術品，這裡的自然風光帶給人無窮的驚喜，在維也納，無論是音樂，還是建築、風景都值得去好好欣賞。
- 維也納雕塑品也是不容錯過的景，除了斯特凡大教堂裡皮爾格拉姆在建教堂時將四個佈道師和自己的形象塑造在教堂裡，維也納的街頭、廣場、公園裡一樣矗立著許多精美雕塑，絕美的想像和人物造型往往帶給觀者無窮的驚喜。

二〇一二年六月

康橋，沉澱著彩虹似的夢

徐志摩一首《再別康橋》，讓我對英國倫敦的康橋充滿了無限嚮往，我也在學生年代時常渴望有朝一日能夠站在康橋上，吟誦那首詩，切身感受詩中的意境。康橋河畔的柳樹在徐志摩的眼中就像待嫁的新娘，潭水清澈如虹，連河底的水草都是幸福愉悅的，這樣的景致，值得回憶，值得眷戀，若有機會，更值得去走走看看。

二〇一二年六月，來到倫敦，早晨吃過早飯，我便坐上了前往劍橋大學的巴士。我知道那所世界著名的大學有一條康河在那裡靜靜流淌。此番前往，主要就是沖著康橋而去，沒想到單是乘坐巴士前往的路途上，沿途便有許多美麗的鄉村景色，讓坐在巴士內的我都禁不住暗暗興奮起來。

劍橋大學以理科聞名，想不明白的是在這所理科著稱的大學裡，卻會出現這樣充滿文學幻想的康橋之景。

文人墨客喜歡康橋，不僅僅是大詩人徐志摩為它寫下了《再別康橋》這樣清逸雋永的詩章，還有大散文家朱自清也為它寫下《可愛的康橋》以清新優美的文筆予以歌頌。

詩人愛康橋有詩人的理由。我是為體驗詩歌意境而去，也是為尋找這些寫作的理由而去。從維多利亞長途巴士站到劍橋大學不過兩個小時，我便來到了徐志摩離開倫敦時，最難以割捨和忘卻的地方。

劍橋大學位於英格蘭的劍橋鎮，這裡保留著許多英國中世紀的建築風貌，走在劍橋大學裡，會不時看到各種古城建築，許多校舍的牆壁上依然裝飾著古樸風味的印章和莊嚴的塑像。走在校園裡，就像時光穿梭，走進了英國中世紀的世界，欣賞著各種帶著歷史痕跡的古建築和這裡鬱鬱蔥蔥散發著古老氣息的樹木，恍惚間，給人不知今日何年的感覺。

我貪婪地行走在校園裡每一條小徑，努力去找尋文人墨客們在這裡留下的痕跡，就像一場秘密暗訪。那些充滿詩意的想像，那些鹹淡不一的筆調，那些言語由衷的感慨，在我的世界中散發著無窮的魅力……

在劍橋，最難以忘懷的景致，也許真要算是在康河上穿越而過的十幾座精緻小巧的石橋。這些石橋以自己獨有的姿態傲然跨越在康河兩岸，有的看起來偏於溫婉，有的則看起來偏於嚴肅，有的暗藏故事，有的如清風朗月。最讓我沉迷的，要數卡萊爾學院後花園那座最古老的石拱橋，橋上有圓球做裝飾，在暖黃色的霧霞中，就像一位從中世紀穿梭而來的騎士，顯得格外古樸俊美。

站在橋上聽著水流，欣賞四周的風景，心底覺得無限愜意。恨不能如徐志摩詩中所言「撐一支長篙，向青草更青處漫溯」。終於可以明白當時詩人激動的心情，望著美景，真想載滿一船的星輝，「在星輝斑斕裡放歌」！可惜太多癡戀，終究敵不過離別笙簫的吹響。

走在劍橋大學裡，我癡戀於這裡的橋頭風情，並不是為了附庸風雅，僅僅只是因為那些或婉約，或嚴肅的橋的姿態，和它們在閒散的時光中一張張認真堅守的容顏。不管文人墨客如何歌頌，它們都會以自己獨有的姿態跨越在流淌的康河上，在歲月中靜駐成一種思想。

我願做這樣一座小橋，任憑風雨侵刷，雷電轟鳴，烈日暴曬，冰雪封凍，依然固守著自己本真的容顏，靜靜佇立在歲月的長廊裡，堅韌、頑強。不管是不是一座默默無聞的小橋，也要活出自己的姿態——也許，這才是自己所要找尋的答案吧！

帶著滿滿的心願上路，在康橋留下了深情的想念。悄悄的我走了，正如我悄悄的來，我揮一揮衣袖，帶走了一季的思念……

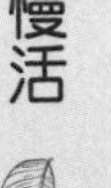

心靈慢活

• 劍橋大學共有三十一所院校，每座學院的建築風格不一，來到劍橋，到各學院中去轉轉，除了可以欣賞到清新古樸的校園美景之外，還能夠看到莘莘學子在草地上、校舍中勤奮的背影。當心已被塵世污染，走在校園中的回憶便是心的清洗劑。

• 來到劍橋，不妨選擇乘坐一艘小船，在康河的柔波裡蕩漾，順著康河，穿橋而過，邊划著小船，邊和愛侶交談，哪怕只是傾聽風聲，看看河岸的楊柳古木，都會備感溫馨和浪漫。

二〇一二年六月

致梵谷：你的眼神，是我流浪的盡頭

兩個月過後，梵谷就在這片麥田舉槍自殺。這幅畫似乎暗含著梵谷死亡的預兆，黑色的烏鴉恍恍是死亡之神的化身，看那些不堪重負，彎斜著腰桿的熟透了的麥子，彷彿可以看到梵谷太多太重的悲傷。

二〇一二年六月來到荷蘭的阿姆斯特丹，梵谷美術館我不得不去，忠於對繪畫藝術的眷戀，也忠於對梵谷的崇拜，那個癡癲的畫家，小時候就以一種荒誕的形式存在於我的腦海中，揮之不去。

去梵谷美術館之前，我是懷著無比激動的心情，激動的程度，能夠讓我在前一夜連做了

你的眼神
是我流浪的盡頭.
2012年6月

幾場參觀的夢。清晨聽到第一聲鳥鳴，我便起床享用早餐後，開始整裝出發了。心情還是延續著昨日難以言喻的激動和喜悅。

直到走進梵谷美術館裡，我的心才開始沉重起來。那一幅幅油畫，在我眼前鋪展開，繽紛的色彩，彷彿在兀自上演一段絢爛如夏花的人生。我一幅幅參觀和欣賞，總能被一些畫面的細節給震撼，那些明麗的色調，那些灰暗的色澤，那些抽象的場景，每一幅圖畫給人的直觀感覺和寓意，就像一篇心情散文，或充滿收穫憧憬的喜悅，或佈滿失落悲觀的淚痕。

細細欣賞這些作品，最讓我震撼的畫作，要數那幅「麥田群鴉」（Wheat Field with Crows）：一條望不到邊際的棕色小徑雜草叢生，隔開了兩片金黃色的麥田，麥子帶著幾近熟透的姿態在風中搖曳，等待收割。麥田上空一群黑色的烏鴉在天的幕布下飛鳴，彷彿世界末日來臨前的警報。天，是痛苦的紫黑色，不遠處的兩朵雲，像兩團蒙灰的棉花。整幅畫卷，給人一種絕望、痛苦、孤獨、暴躁、空虛、淒涼的感覺。

兩個月過後，梵谷就在這片麥田舉槍自殺。這幅畫似乎暗含著梵谷死亡的預兆，黑色的烏鴉恰恰是死亡之神的化身，看那些不堪重負，彎斜著腰稈的熟透了的麥子，彷彿可以看到梵谷太多太重的悲傷。一幅充滿象徵寓意的精彩油畫，讓人震撼；一個用感情和生命作畫的畫家，讓人崇敬。

美術館收藏了梵谷黃金時期的兩百幅圖作，每一幅畫作都堪稱經典，每一幅畫作給人的感受都伴著強烈的視覺衝擊。我站在梵谷的畫作前，除了驚歎他的畫技、他的想像，更多的是內心難以抑制的悲傷。這些畫裡藏著他太多的身影和太多的故事，還有他太多難以言喻的秘密。

「麥田與收割者」（Wheat Fields with Reaper at Sunrise）的油畫是梵谷在精神病療養院時所做。畫面上，藍色的山丘就像黎明前蒙著晨霧的山谷，山丘上稀稀落落坐落著幾戶人家，近處是翻騰的麥浪，大片麥浪幾乎佔據了整幅畫面，如此豐收的場景，卻只有一個人在揮舞著鐮刀收割。看到這樣的圖景，我只是感到一陣詫異，如此盛大的豐收，為何只有一個人在收穫？

梵谷已逝，他的畫作留給了後人太多的揣測。我一幅幅欣賞過來，最終站在他的自畫像前——那個被割了耳朵的梵谷，眼神中的痛苦似乎已完全被頑強和桀驁所掩蓋。他在注視著自己，也在注視著歲月的更迭。梵谷已逝，卻不是入土，而是走進了他自己的畫作。那堅毅的目光如炬，彷彿在告訴我堅持夢想的方向。

哪怕在別人眼中是個瘋子，哪怕被送往精神病院，他依然堅持握住手中的畫筆，鑽研於自己喜歡的事業。哪怕懷著對世俗的憤懣，哪怕裝著滿腹的苦楚，他依然用明亮的色調，在繪畫中守望收割。那一地的麥田，一大片的向日葵田，承載著梵谷的期望。而為夢想而活的人，終究會獲得夢想的眷顧。

我為何而生？我為何而來？

走出美術館，我陷入了沉思。

回想梵谷自畫像上頑強堅毅的眼神，內心漫無目的行走似乎有了歸宿，我突然明白自己想走的路。給自己一份希望吧！勇敢地走下去！

心靈慢活

- 梵谷美術館可以說是藝術的聖殿，這裡收藏了梵谷一生中將近四分之一的畫作，每一幅畫，都帶著畫家作畫時的情緒；每一幅畫，經過不同時長的欣賞，又會有不一樣的感受。梵谷的畫作，需要慢慢領悟，慢慢回味，融入心與心的思考。
- 欣賞了梵谷的作品，然後帶著疑惑去閱讀梵谷：一邊回想他的畫作，一邊聯繫他當時的心境與處境，當時發生的故事，那幅畫的寓意。抱著理解的心態走進他，讀懂了梵谷，也便讀懂了他眼中的世界，你將會發現美術館之外另一個多彩的世界。

二〇一二年六月

安妮之家：我希望你勇敢，並且快樂

生活總是這樣吧，在悲喜中更迭，在高潮與低谷中輪回……

獨自在荷蘭，旅居阿姆斯特丹，這裡的藍天白雲，運河教堂，總是能夠給我帶來許多意想不到的收穫。離開阿姆斯特丹時，除了對梵谷美術館的眷戀，安妮之家同樣給我帶來了無盡的感念——我感念於二〇一二年六月，在安妮之家裡，每一步腳印的艱辛和每一場發現的歡愉。

安妮之家坐落在王子運河二百六十七門號處，旁邊緊挨著西教堂。這裡曾經是《安妮日記》中安妮提到的避難所，作為猶太人的安妮，原本可以擁有一個幸福的童年，一段美好人生的開始，因為二戰時期，納粹分子對猶太人無節制迫害，安妮一家不得不躲進這間小樓中躲避。沒想到平靜的生活只維持了兩年，一九四四年八月四日，避難所被洩露，納粹份子闖入小樓將他們全部抓獲，並送往集中營，戰爭結束後，在最後的結局中，唯有安妮倖存了下來。

倖存的安妮，將自己躲在那間小樓裡的每一天以日記的形式記錄了下來，即著名的《安妮日記》。這部全世界著名的書籍的原稿將在「安妮之家」中永久展出，只為了祭奠曾經辛酸的歲月，和納粹黨對猶太人難以磨滅的迫害史。

走進安妮之家裡，牆上掛著各種版本的《安妮之家》，以及關於安妮的畫像。隨著牆上展出的日記和故事的陳述，安妮曾經經歷的痛苦過往，清晰地映現在我的腦海中。我抑制不住的悲傷起來，為納粹分子做下的卑劣行徑感到憤怒，為安妮一家悲慘的命運擔憂。

十五歲的安妮將自己經歷的痛苦轉化成了小本子上漂亮的文字，她對法西斯主義、種族主義以及民族歧視罪行的控訴，她對愛的歌頌，對未來的美好憧憬，以及在困苦中不放棄自己的人生目標，不放棄自己的人生信仰的精神深深感染了我。

隨著人潮，我參觀了當年小屋傢俱佈置的模型展示，以及死去的避難者的照片，他們臉上沒有任何畏懼與憂傷，微笑的表情，讓人絲毫聯想不到當年那場噩夢帶給他們的痛楚。穿梭在小樓間，我彷彿看到了十五歲的安妮倔強不屈的身影，正躲在這間隱蔽的小屋中，堅持記錄每一天的點滴，堅持等待黎明曙光的到來。

不經歷痛苦，就不會知道活著有多麼的珍貴。

這正是安妮之家告訴我的。循著當年安妮走過的足跡，去感悟一段辛酸苦楚的歲月，讓自己的心靈在瞬間成長起來。我想到了曾經的自己。

上學的時候，經常抱怨功課太多；工作的時候，經常抱怨工作好累；談戀愛的時候，經常抱怨對方癖好太多難以接受，甚至抱怨父母給予自己的愛遠遠不夠。

這種種的小事，在安妮所經歷的生與死的考驗面前，顯得多麼的微不足道！也唯有在大傷痛面前，人才能夠醒悟自己活著的珍貴。

如果人生可以重來，我想我一定不會在上學的時候再抱怨功課太多，在工作的時候抱怨工作好累，在戀愛的時候指責對方各種不是，也不會再抱怨父母為自己所做的一切。

在今後的人生旅途中，當生活遇到不如意，想發牢騷的時候，我就會想二〇一二年六月造訪的安妮之家，就會想起安妮之家裡曾經居住著的那些帶著「鐐銬」依然如此頑強如此樂觀生活的猶太人，每每至此，內心就會有股力量，讓我忘卻生活中的煩惱，放下生活中的抱怨，勇敢並且快樂地活著。

心靈慢活

- 在行走的旅途中，但凡觸碰到有關歷史的景點，不妨在休息之餘，或在咖啡茶座，或在火車公車上，先翻一翻相關的歷史背景介紹，就算曾經對景點有所耳聞，親自翻閱書籍資料，反而更能讓你在觀景的時候，更好地融入和感受景點特殊的歷史情懷。
- 荷蘭十七世紀開挖了三條運河，紳士運河、王子運河和皇帝運河。入夜時分住在運河邊上，可以享受運河輕風拂面的清爽，可以感受運河夜晚波光瀲灩的風情，可以聽著運河濤濤的水聲墜入溫柔鄉，舒適又愜意。

二〇一二年七月

艾克斯小鎮：孤獨是一個人的狂歡

每個畫家的心中都有一種名為激情的東西被點燃，被釋放，這些釋放出來的激情最終變成了畫布上的「作品」，一幅幅，一件件，栩栩如生的畫卷、故事，就在寂靜中展開。遠離塵囂，靜寂孤獨。

二〇一二年七月，去普羅旺斯看薰衣草之前，住在了艾克斯小鎮。因為艾克斯是塞尚的故鄉，佩服於塞尚源源不斷繪畫靈感的我，自然不會錯過他一生足跡遍佈的小鎮——艾克斯。

那是一個陽光明媚的早晨，我租了一輛自行車，開始了我的「騎車漫遊艾克斯，尋找塞尚足跡」的計畫。在艾克斯，租輛自行車是很容易的事，只需要投幣，就可以把自行車騎走。騎車逛馬路的感覺，讓我彷彿回到了少年時代。而在七月的艾克斯穿行，則讓人彷彿置身於美麗的油彩畫卷中，四周一片流光溢彩的美，這些明亮的色調，包括花圃裡的鮮花，包括路兩旁的商店招牌，也包括行人的服飾。

騎車遊走，很愜意，有時候瞥見路邊咖啡座裡喝咖啡的青年男女，坐著樹蔭下閒聊的當地人，以及身邊結伴出遊的遊客，內心就會升起一股落寞之情。一個人行走，需要很大的勇氣，還需要有一顆強大的內心來抵禦路上隨時可能襲來的孤獨感，我努力笑了笑，讓自己振作起來，繼續尋找塞尚的足跡。

這裡的大街小巷，對塞尚的推崇，足以讓人驚訝。滿大街都可以看到各種「塞尚」，例如「塞尚咖啡館」、「塞尚廣場」、「塞尚中學」、「塞尚醫院」。塞尚在艾克斯的，不僅是以「現代繪畫之父」的身份存在，而且更多的是以品牌的形式存在。如果塞尚還活著，不知道他面對小鎮人民如此狂熱的推崇，會是何種表情。

當地旅遊局為了給遊客提供更便捷的找尋之路，還專門設計了一條「塞尚之路」——凡是留有塞尚足跡的地方，都會在路旁的關聯建築或者路面上鑲嵌上標著塞尚大名的銅釘，只要跟著這些銅釘去找尋，就能找到塞尚當年的生活軌跡。我佩服於艾克斯旅遊局的細心，為遊客提供方便的同時，也為自己贏得了更大的旅遊效益。

探訪塞尚的故居，必須要經過一條通往山水的沉寂街道，經過這條街道的時候，那種靜謐的感覺，在回想的時候，依然讓我覺得格外幽僻。兩排大樹高高矗立於街道兩旁，枝椏交疊於上空，如果沒有絡繹不絕的遊客們的造訪，這裡彷彿一條不常人走動的林蔭道，伴隨著孤寂的蔓延，塞尚的故居就坐落在這條街道一個不起眼的小門裡，稍不留心，就有可能錯過。

塞尚的故居裡，二樓已被打通成了畫室，畫室內陳列著塞尚當年用過的畫架、畫筆、顏料，各種靜物寫生用的瓶瓶罐罐，以及桌椅板凳、掛起來的風衣、靜靜擺放在牆角的雨靴。室內的一切彷彿在告訴我，塞尚並沒有「走」，他只是暫時離開，他還會回來繼續完成他未完成的工作。

看到陽光灑落在畫板上，我彷彿可以想像得到當年塞尚坐在畫板前，獨自一人在靜寂中繪畫的情形，周圍一切都是靜的，只有畫家的內心世界在靈動地變幻著。每個畫家的心中都有一種名為激情的東西被點燃，被釋放，這些釋放出來的激情最終變成了畫布上的「作品」，一幅幅，一件件，栩栩如生的畫卷、故事，就在寂靜中展開。我終於明白，為何當年的塞尚會選擇居住在如此安靜的一條街道？遠離塵囂，靜寂孤獨。

也許，孤獨，未嘗不是一件幸事。孤獨可以帶來更多的靜，片刻的孤獨可以帶來片刻的沉思，讓浮躁的心得到沉澱，讓平日裡忽視的內心世界突然充盈起來。**許多時候，孤獨更是一個人的狂歡，那些心中儲藏的悲喜，那些內心豐富的表達，也只有在孤獨的時候，才能夠**

淋漓盡致地上演。

這樣想著，先前的落寞之情一掃而空，我感到十足的欣慰，不知不覺間，眉眼間又泛起了笑意……

心靈慢活

- 艾克斯當地許多咖啡館都是露天的，在樹蔭下享受咖啡的美味相較屋內也許更多一份貼切自然的情調。在艾克斯，可以選擇任何一家露天咖啡館，行走疲累的時候，坐在樹蔭下，融入咖啡館的靜寂中品嘗咖啡的美味，也是一份難得的享受。
- 艾克斯可謂是出了名的「噴泉城」，這裡的噴泉多種多樣，有的氣勢恢宏，有的嬌巧玲瓏。在城內遊覽，在欣賞街景的同時，別忘了看看這裡的噴泉，嘗嘗這裡的泉水，清澈、甘甜的泉水見證著艾克斯的歷史，也見證著一個畫家對故土眷戀的情懷。

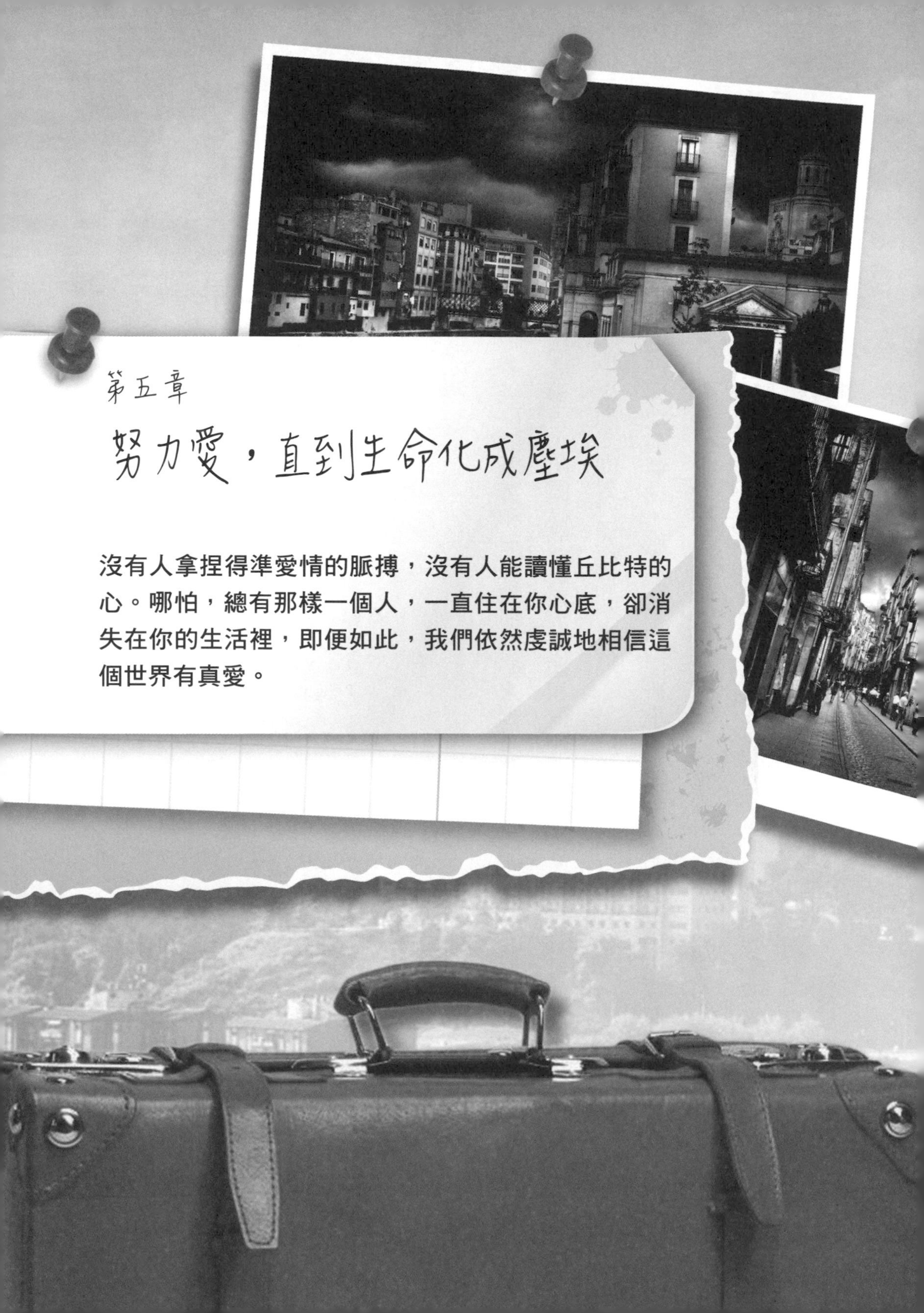

第五章

努力愛，直到生命化成塵埃

沒有人拿捏得準愛情的脈搏，沒有人能讀懂丘比特的心。哪怕，總有那樣一個人，一直住在你心底，卻消失在你的生活裡，即便如此，我們依然虔誠地相信這個世界有真愛。

二〇一一年一月

星語心願

據說背對著噴泉，將硬幣從肩部以上的位置拋過，就能夠實現三個願望，但是必須有一個願望是再回羅馬……

我終究還是帶著美好的希冀和一顆懺悔的心來到了羅馬市的少女許願池旁，虔誠地投下一枚硬幣，內心做著禱告，那時候的自己，寧願相信神明會庇佑，相信真愛的力量可以扭轉幾近崩潰的局面，也不願去面對已成殘局的愛情。

都說羅馬市的許願池最靈驗，旅遊完了威尼斯小城、玻璃島和彩色島，我便來到了羅馬市，只為能在少女許願池許下心願。少女許願池是義大利羅馬市內最大且知名度最高的噴泉。走進它的時候，我甚至驚訝於這裡簡直就像一座水上歌劇院，池中雄偉的雕塑彷彿在向遊客敘述關於海神的故事。

以海神宮作為許願池的背景，海神宮的中間站立著海神，左右兩排則是水神，上方站立著四位婀娜多姿的少女，分別代表著四季。如此充滿神話色彩的雕刻藝術品為許願池增添了許多神秘的氣息。我細細欣賞著噴泉上的浮雕和雕塑，對許願池抱著許多期許——我相信它一定能夠感應到我那顆真誠懺悔的心，一定能夠幫我挽回流失的愛情。

據說背對著噴泉，將硬幣從肩部以上的位置拋過，就能夠實現三個願望，但是必須有一個願望是再回羅馬。算下來，哪怕是僅僅實現我的一個願望，我都會感到極大的滿足。

我背對著許願池，學著許多許願遊客的樣子，心底默唸「請他重新回到我身邊！」，然後毫不猶豫的將硬幣往身後拋去。由於周圍許願的遊客實在太多，加上水流的嘩嘩聲，我甚至聽不到自己拋出去的硬幣何時投入水池中，也許投入了，也許未投入，但是無論如何希望神明感受到我那顆已然懺悔的心。

愛情真是折磨人，在一起牽手享受幸福的時候，從來不會想到分手那一天的痛苦。兩個人相處，仗著自己是他的寵兒，不斷向他索愛，哪怕是自己犯了錯誤，也要他來幫忙善後。當時被愛情沖昏頭的自己，只是一味地享用他給的愛，卻從來不曾想過要為他付出些什麼。每當兩個人發生爭執，總是以「我是女孩子」來讓對方屈服，甚至承認不該是他承認的錯誤——為了哄我開心，他曾經深夜穿著拖鞋就衝出家門，只為趕在樓下超商關門之前給我買回一袋泡芙。可為何當初如此愛我的他，最終卻選擇了放開我的手？

原本以為分手只是一句玩笑，可是現在的情況已經是不可能了。我開始悵然若失，在行走中逃避。尤其是在和H通電話的時候已得知他身邊已經有了替代我的那個人，我的心瞬間空了起來。

為何在一起的時候，卻從來不會去好好珍惜。

總覺得愛情可以把住歲月的脈搏，沒想到在真正失去的時候，才知道後悔。

天知道原來自己有多愛他！

站在許願池旁固執地許願，也許他真的能夠回心轉意，也許不能，但是無論怎樣，經歷的這些事，已讓我漸漸明白，愛情需要雙方共同去努力，而不是一方給予一方索取。每個人都享有愛與被愛的權利，想要牢牢把握愛情，那麼，請在接受愛的同時，給愛一點回應吧！

回首許願池清澈的池水，我在心底許下了第二個和第三個願望：

二、希望他幸福。

三、再回羅馬。

心靈慢活

- 許願池的全名叫做特萊威噴泉，又被命名為幸福的噴泉。帶著自己的伴侶一起到幸福噴泉許願，不管願望實現與否，一起在溫泉下見證屬於自己的浪漫時刻，也是一件極為幸福的事情。
- 羅馬作為一座滄桑的古城，到羅馬遊走，看看這裡的羅馬式建築對歷史的印證，看看這座古城中來往穿梭的各位帥哥美女，或徜徉在廣場上和當地人交談人文趣事，或只是簡單地曬一下午的太陽。最後你會發現，原來幸福是多麼簡單的一件事情。

二〇一一年二月

布拉格廣場：不負一顆斑斕的心

來到布拉格，布拉格廣場彷彿成了我在這座不大城市的唯一牽掛。

……男孩回來了，額頭上凝著汗珠，手裡多了一個著裝色彩斑斕的小丑木偶，他熟練地拉著木偶的活動繩子，讓木偶在女孩面前做出各種俏皮的姿勢，並壓低自己的嗓音做了配音……

耳畔聽著周杰倫和蔡依林合唱的《布拉格廣場》，優美的歌曲旋律將我的記憶引到了二〇一一年二月的布拉格廣場，在那裡遇到的小插曲，成了畢生難忘的事，而印象中的場景——那座佈滿夢幻般斑斕色彩的廣場，在歌曲的釋放中，也逐漸清晰地浮現於我的腦際……

因為居住的酒店就在布拉格中心地帶，所以很輕易地穿過幾條小巷後，我便來到了布拉

2011年2月

格廣場。布拉格廣場如我想像中一樣充滿了美感，那些歌詞中提到的白鴿，不時降落在廣場上，像極了樂章中降落的音符。值得一提的要數布拉格廣場上的天文鐘，作為廣場上高聳的地標，許多遊客站在塔下抬頭仰望這座從十五世紀留存至今的古蹟。塔頂有身穿傳統服裝的當地工作人員，手裡拿著小號，準點時就會在塔頂吹響小號，吹完後還揮著手向廣場上蜂擁而來的遊客招手致意，而下面的人群隨即發出一陣陣歡呼聲，這樣的情景讓布拉格廣場顯得融洽而溫馨。

我坐在布拉格廣場上，靜靜欣賞著周圍的景色，不遠處的尖頂教堂讓我不由得聯想到魔幻世界的古堡。其實在布拉格，有著太多具有魔幻現實主義的建築，這樣的建築兀立在紅瓦白牆或者青瓦黃牆的低矮民房中，顯得格外壯美。

坐在布拉格廣場上休憩，看周圍如織的遊人，感覺愜意而安詳。不知何時，我身邊多了一對小情侶。也許男孩將女孩惹生氣了，女孩坐在廣場邊上不走了，男孩沒辦法在旁邊一個勁地說 sorry，甚至還做了各種解釋。從男孩臉上緊張的神色就可以知道男孩心中有多麼在乎女孩。可是女孩還是拉著一張烏雲密佈的臉，堅持不肯原諒男孩。男孩說著說著，突然停止瞭解釋，皺著眉頭，用一副失落的樣子低頭看著腳下的地磚。

我看男孩的樣子心中生出了一絲憐憫。

男孩已經放棄解釋了，也許女孩不會再原諒男孩，也許僅僅因為一件小事或者一個小誤會，彼此就傷了對方的心，然後給對方留下一段背影，絕塵而去。當我在心底歎惋眼前看到的一段即將消失的愛情時，男孩卻站了起來，朝路邊走去。也許他要用先行離開的方式給自己留下一點男子的尊嚴，也許他是想獨自離開留給對方一段清靜的時光用來思考……

十幾分鐘後，當我還在做著各種絕望的猜測時，男孩回來了，額頭上凝著汗珠，手裡多了一個著裝色彩斑斕的小丑木偶，他熟練地拉著木偶的活動繩子，讓木偶在女孩面前做出各種俏皮的姿勢，並壓低自己的嗓音做配音。

我看著眼前的情景，心底一陣潮濕。

多有愛的年輕人，為了讓對方開心，想盡了各種辦法。女孩不知是不是因為受的打擊太大，抬頭看了木偶一眼，便將頭轉向另外的方向，男孩還在堅持著，絲毫沒有放棄的意思。不知過了多久，女孩終於妥協了，用手擦了擦眼角，笑出聲來。看到他們和好的場景，坐在一邊的我也被深深感動著。

相愛的兩個人，最需要的是彼此的理解和信任，如果對方不小心犯下了錯誤，如果他還愛著妳，他還在努力地為妳付出著，看在他努力悔過的誠心，看在他努力討妳開心的份上，給他一次機會吧！

感情的路途上，很少有十全十美不犯錯誤的愛，不負一顆斑斕的心，也是給愛情最好的交待。

心靈慢活

- 從布拉格廣場的天文鐘塔頂上可以鳥瞰布拉格那些色澤亮麗的房屋，站在塔頂的窗臺上，任由風吹髮髻，讓自己的視線越過布拉格低矮的房頂投向遠方，向遠處的景做一場注目禮，視覺的愉悅會讓心胸也變得開闊起來。
- 布拉格街頭有許多有趣的店鋪，譬如賣水晶的店鋪，總是流光溢彩，美麗的水晶吸引著來往的遊客；有賣木偶的店鋪，兜售各式各樣的木偶，有小丑造型的木偶，也有女巫造型的木偶，新奇又有趣。在布拉格的街頭閒逛，總會獲得一些意外的收穫。

二〇一一年三月

生活就是一所修道院

生活就像一所修道院，不論經歷了多麼浪漫甜美、多麼酸澀痛苦或者多麼順暢平靜的過程，每一件事最終都會走向結局，就像春天播種，夏天灌溉，秋天收穫。

二〇一一年三月隻身來到了葡萄牙的里斯本，先後參觀了里斯本以北一百多公里處的三所修道院——托瑪律的基督會修道院、巴塔利亞的勝利修道院和阿科巴薩的聖瑪利亞修道院。每一所修道院，都帶著歷史的印跡，最讓我唏噓不已的要數巴塔利亞的勝利修道院，在那裡，我看到了令我感動的一幕。

起初懷著一顆朝聖的心前往三所修道院，來到巴塔利亞勝利修道院的時候，我虔誠朝聖的情緒被導向了另外的一種莫可名狀的感動。巴塔利亞修道院以歌德式建築為主，其中還混合了一些曼努埃爾式建築風格。整個修道院在藍天的映襯下，給人視覺上帶來很強烈的衝擊感，儼然是一座拔地而起的偉岸宮殿。

經過修道院廣場，可以看到一尊當年戰役勝利時佩雷拉將軍騎馬的銅像。走進修道院時，可以清晰地看到正門上十二門徒的雕像，這些雕像不論是從神態或者是氣質上，都給人栩栩如生的感覺，不失為雕刻藝術的瑰寶。

走進修道院內，便可以看到附屬教堂的主祭壇，讓我感動的便是教堂裡安放著的胡安一世和其妻子菲力帕王后的石棺。體積高大的石棺內刻著兩人的雕像，我在瞻仰時，看到兩座雕像手拉著手，儼然一對恩愛的夫妻。看著這座石棺內流露出的愛情，我被深深震撼了。

據說胡安一世起初對菲力帕皇后並未沒太多的感覺，兩個人的結合完全是因為政治聯姻的關係。在沒有愛的基礎上，結婚後的胡安一世幾次與宮女偷情，為了遮蓋自己的醜聞，還畫喜鵲封了眾人之口。沒想到就是這樣兩個生生被命運捆綁在一起的青年男女，原本沒有絲毫感情，卻透過先結婚後戀愛的模式，使感情逐漸升溫，最終兩個人恩愛有加，成了一對神仙美眷。菲力帕皇后死後，胡安一世痛不欲生，終生都沒有再續妻。

聽了胡安一世和菲力帕皇后的故事，我的心隱隱作痛，不只是為菲力帕皇后的早逝感到惋惜，更是為自己走了這麼多的彎路，才終於通曉婚姻和愛情的關係——**並不是說結了婚，愛情就會變成奢侈品，而所謂婚姻是愛情的墳墓，也許不過是一個極端的說辭罷了！**

「如果結婚後，再也沒有戀愛時候這麼好的感覺怎麼辦？」許多懼婚族一直顧慮於婚後是否能夠像談戀愛那樣，一直想保持新鮮的氣息，卻遲遲不肯結婚。

我對愛情充滿了憧憬，可是一提到結婚，我就會恐懼，我害怕婚後的他對自己沒有婚前好，我害怕婚後的柴米油鹽醬醋茶的生活會消磨盡兩個人的浪漫細胞。直到看到修道院中胡安一世和菲力帕皇后手牽著手合葬的石棺，才讓我的心境變得豁然開朗起來。

生活就像一所修道院，不論是經歷了多麼浪漫甜美，多麼酸澀痛苦或者多麼順暢平靜的過程，每一件事最終都要走向結局，就像春天播種，夏天灌溉，秋天收穫。

戀愛修煉成功便是步入婚姻的殿堂。

想要保持婚後的甜蜜，不妨學習菲力帕皇后和胡安一世的愛情，在婚後的生活中，保持戀人的關係。而結婚，未嘗不是另一段戀愛的開始……

心靈慢活

- 行走在修道院中，欣賞這裡的每個細節，會讓你多出別人許多的發現。例如修道院的彩色玻璃窗異常精美，許多玻璃窗上還描繪著關於耶穌受難等宗教歷史故事；而許多難留的柱子上還保存著曼努埃爾風格的裝飾等。一些細小的發現往往讓行走充滿樂趣。
- 從托瑪律修道院前往巴塔利亞修道院，幾乎都是走小路，在小路上行走，雖然路途有些坎坷，經過一定的跋涉後終於看到美景的心情卻是難以用言語形容，而這難得的美好也總是讓人格外珍惜和難忘。

二〇一一年三月

學習一座城市的優雅

而在迫不得已選擇分手的最後，與其斥哭訴哀求，詛咒發誓，滿腹嫉恨，卻不及一個優雅的轉身讓他內心承受的懺悔和打擊來得暢快。

二〇一一年三月，從里斯本飛往巴賽隆納，不一會兒的功夫就抵達了巴賽隆納的飛機場。一下飛機，沒想到迎接我竟是如此燦爛明媚的陽光，頓時心情大好。這座被命名為「歐洲之花」位於西班牙東北部海岸的城市，撲面而來的是一種樂觀開朗的氣息，也許是因為陽光的緣故，也許是因為心情在作祟。

行走在巴賽隆納的大街上，四處可以發現許多令人欣喜的地方，例如餐廳裡一套精緻的餐具，咖啡店裡充滿藝術想像的咖啡杯，早餐店裡一片有著高迪特色的羊角包，路邊小樓五彩斑斕的玻璃窗，街道上駛過一輛色彩亮麗的電車，琉璃瓦屋頂上停著的白鴿……這些美好細節的點綴讓巴賽隆納顯得格外從容而優雅。

在巴賽隆納我所居住的酒店距離市區有些偏遠，電梯很小，運行速度是我見過的最慢的一座，然而，這座電梯卻給我帶來無盡的享受。每當一天玩累後返回酒店，進入電梯裡，那種緩慢上升的感覺，總是讓我尋得片刻的安寧，就像一個重回繈褓中的嬰兒，在母親的愛撫中卸下白天的面具，換回本真的自我。

從酒店出來的街道，道路幾乎都帶著坡度，我在上坡、下坡中感受著行走的樂趣，對還算年輕的我來說，這裡的道路是再好不過的健身器。經過一段時間的行走，我漸漸覺得自己的身體彷彿變得強壯許多。

街道路面寧靜而整潔，草坪上經常有年輕人或躺或臥，聽酒店的服務人員說，這裡的草坪每到晚上經常會有年輕人聚會，我想像著夜間在這樣的草地上，一群年輕人圍成圈子，彈著吉他，喝著啤酒，笑著鬧著互相陪伴著走過每一個歲月的夜晚，心中便充滿了無限的嚮往。

巴賽隆納這座城市給人帶來太多這樣安逸的享受。我徜徉在這裡的街頭巷尾，參觀了這裡依舊帶著義大利風格的教堂，遊走在奎爾公園，感受偉大建築師安東尼奧·高迪的藝術想像和建築魅力——行走在奎爾公園中，所見之處，無不閃爍著設計者的智慧和用心良苦。

奎爾公園裡，各種藝術建築錯落有致，佈局精巧，四處散發著安寧、優雅的氣息，就像一座具有小資情調的觀光園。最讓我感到驚訝的就是這裡的許多建築都是帶弧度的，沒有太多的稜角，就像一位溫婉的公主，用曲線和圓角構築著自己優雅的特質。

行走在園內，我常常想，如果愛情也像一座城般優雅，沒有那麼多尖銳的傷害，沒有那麼多稜角的距離，那將是多麼美好的一件事情！兩個相戀的人，哪怕性格再怎麼合得來，生活中也難免有碰觸。一不小心發生口角，隨即而來的便是排山倒海的咆哮，或者是無休無止的冷戰，無論是何種方式，性格的稜角都已傷害了對方的心。這時候，哪怕透過道歉的形式求得對方原諒，心上的傷口還是留下了疤痕。

巴賽隆納告訴我，在愛情的世界裡，其實弧度的優雅才是愛情的利器。要怎樣消除循環往復的傷害？也許可以改變下自己的脾氣，讓沉靜取代暴怒，讓傾聽取代誤會，就像奎爾公園內的建築，圓弧取代了稜角。

心靈慢活

- 在巴賽隆納，奎爾公園是不容錯過的景，這座公園雖然被稱為安東尼奧・高迪未完成的傑作，但是園內的許多景觀卻都是凝聚了這位偉大建築師的想像與才情。同時，奎爾公園又是一出絕佳的散心場所，這裡弧形的石椅，美麗的自然景觀，為遊客提供了絕佳的休閒享受。

・在巴賽隆納，可以選擇乘坐有軌電車去到任何一處你想去的地方，用最經濟實惠的交通方式，欣賞巴賽隆納沿途的城市風光，享受陽光灑在車窗上，在慢速行駛的電車中，不費吹灰之力，就能看遍了這座城市的美景。

二〇一一年三月

西班牙鬥牛聖地：另一種形式下的生存

一直想不明白，馬德里人為何會喜歡這種命懸一線的感覺。鬥牛產生的危險係數平常人可想而知……站在生與死的鬥牛場上，就像站在死神身邊……鬥牛士們一定有想過，可為何他們卻能夠如此從優雅地去迎接這樣一場未可知的挑戰呢？

二〇一一年三月來到西班牙，自然要去馬德里參加那裡的鬥牛節。西班牙的鬥牛久負盛名，我懷著強烈的好奇心從巴賽隆納轉機到了馬德里。每年三月至十一月是西班牙的鬥牛節，在這段時期裡來到馬德里，自然有幸能看一場轟轟烈烈的鬥牛賽。

另一種形式下的生存
2011年3月

馬德里的文塔斯是西班牙最大的鬥牛場，這座鬥牛場據說可以兩萬五千名觀眾，如此龐大的容量完全可以想像得到文塔斯鬥牛場有著怎樣宏大的建築規模。

果不其然，當我來到文塔斯鬥牛場腳下時，只見視線所及之處，是一座呈現出弧形的高大建築，看起來雄偉肅穆，廣場四周早已沉浸在戰鬥前緊張激烈的氣氛中。

走近鬥牛場，廣場前擺著鬥牛士雕像，有一座雕像上，鬥牛士一隻腳踏空而立，一隻手便降服了左邊暴怒而起的公牛，整座雕塑洋溢著勝利者的激情。許多遊客站在雕塑前拍照。我只想快些買到入場券，好一睹真實鬥牛的激烈場景。

終於坐在場內，觀看了一場激烈的鬥牛賽，雖然過程如電視上看過的一樣，可是親臨的感覺卻帶給了我許多震撼的效果——親眼看著體重達四千多公斤的非洲純種公牛憤怒地揚起蹄子，不顧一切地朝前衝的驚險場景，雖然是坐在高高的觀者席位上，依然替場上的鬥牛士捏了一把冷汗。觀看鬥牛賽，鬥牛士每完成一次挑戰，耳邊便會響起振聾發聵的吶喊聲和歡呼聲……直到離開文塔斯鬥牛場，那種屏息凝視的緊張感和成功後那種激動人心的興奮感，還在我的心頭久久激蕩，揮之不去。

一直想不明白，馬德里人為何會喜歡這種命懸一線的感覺。鬥牛產生的危險係數平常人可想而知，一頭沒有經過訓練的暴怒公牛一眨眼就能夠結束一名勇士的性命。站在生與死的鬥牛場上，就像站在死神身邊，隨時可能發生意外，隨時可能被死神帶走性命，鬥牛士們一定有想過，可為何他們卻能夠如此從用優雅地去迎接這樣一場未可知的挑戰呢？

難道是因為他們不怕死？或者因為他們厭倦了生活，非要選擇這樣一種慘烈的方式結束自己的生命？

其實不然，鬥牛士是勇敢的象徵，這個職業挑戰著人的勇氣極限，在這樣的挑戰中生存，生命就像懸崖上一朵怒發的小花，煥發出不一樣的光芒。

我感慨於這樣的鬥爭精神，也讓我聯想到了自己曾經柔弱的愛情。在面對父母的苛刻條件與朋友的眼光中，我曾放棄過自己的愛情，一句「他的薪水實在太低了！」，一句「他長得有點醜，配不上妳！」，一句「嫁給他妳會後悔的！」我就讓自己的感覺迷失，讓自己的感情完全屈服於這些現實的理由。

在選擇屬於自己的那份愛的時候，我們常常會經歷家人的反對，朋友的不看好，現實條件的拘束，只要心中有愛，有彼此，並且對兩個人的未來充滿憧憬和自信，那些暫時缺乏的條件在經過兩個人的拼搏後都會發生逆轉。

爭取屬於自己的愛情有時也需要「鬥爭」，需要具備莫大的勇氣。

在面對愛的時候，不是消極去放棄，而是積極去努力，讓愛換一種形式生存，先苦後甘，我堅信這樣的愛情，才能夠在懸崖上開出花來。

心靈慢活

- 作為文化名城的馬德里，相較其它城市有著它自己獨特的優勢——這裡遍佈著名勝古跡，市內各式各樣的凱旋門就有一千多個，街心廣場就有三百多個，博物館就有五十多家。漫遊在馬德里，隨意欣賞市內不同風格的建築、花園、廣場，就是每一天裡最美的享受。
- 在馬德里，隨處可以遇到大大小小的書店。在閒暇的時候，選擇一家書店，在書店中細細品閱一本當地的讀物，在異鄉的書店吧品味同樣的書香，會讓你對馬德里產生更多的親近感，也許書中還會有你意想不到的發現，幫助你更好地親近和瞭解馬德里。

二〇一二年二月

在大海的傾訴中成長

我靜坐在沙灘上，看太陽一點點西墜，就像在海平上戀戀不捨地목送一位友人……我將經絡重新摺疊起，心裡有種沉甸甸的感覺，迎面撲來的海風彷彿要將我的胸腔填滿。

二〇一二年二月遊走在法國，在一個不是旅遊旺季的時候來到了尼斯，目的是為了能更好親近那片被命名為「蔚藍海岸」的度假勝地。在沒有人曬日光浴的海灘上，享受一份尼斯海灘難得的寧靜。

結果跟我想像中的一樣，因為非夏季的緣故，沿著著名的英國濱海大道一路散步走來，除了道路兩旁高大的棕櫚樹像兩排衛兵在海風中搖擺迎接遊人之外，道路上很少遇到其他人。

就算是在冬季，濱海大道的景色依然很迷人，遠處的海浪一波接一波前赴後繼地往沙灘上奔湧，就像一群正在召開田徑比賽的孩子們，歡呼著，雀躍著，爭先恐後往海岸的終點線奔去。

濱海大道上有許多處臺階，可以直接下到海灘。我不知不覺就走到了傳說中的「天使灣」。天使灣幾乎是石灘，走在這些石灘上顯得很費力，不過我越走越覺得順暢，越走越覺得格外有趣，尤其是從一塊石頭上跳到另一塊石頭上，我肆無忌憚地玩著這樣的遊戲，一個人沉浸在歡樂的世界中，忘了自己的歲數，也忘了自己的淑女造型。

臨近黃昏的時候，整片海岸都沐浴在了落日的餘暉中，彷彿被鍍上了一層金色，包括蔚藍色的海水，氤氳在暖黃色的光線中顯得格外晶瑩剔透。遠處水天一色的地方，就像一幅絕美的落日圖，深深打動了我的心。

我靜坐在沙灘上，看太陽一點點西墜，就像在海岸上戀戀不捨地恭送一位友人。海浪退去，我正準備離開，卻意外的發現已經退去海水的沙灘上有一個心形的許願瓶，看起來很精美，我就隨手拾了起來。

打開瓶子，裡面竟藏著一張小紙條。原來這是一個「傾訴瓶」，碰巧被海浪沖上了沙灘。我展開紙條，上面用工整的英文寫了一段話，大致意思是瓶子的主人喜歡上了一個男孩子，原本是彼此喜歡的事情，但是由於瓶子的主人一到秋季就患有季節性頭髮脫落症，她不想讓男孩看到的時候失望，所以在男孩面前說了許多傷害他的話語。她在紙條中寫道，請求海神的寬恕，也希望男孩幸福。

我將紙條重新摺疊起，心裡有種沉甸甸的感覺，迎面撲來的海風彷彿要將我的胸腔填滿。太多這樣充滿遺憾的愛情故事在我的周遭上演，又以它慣有的淒美的方式謝幕。

愛情如果總是害怕傷害，真愛將何處可尋？

千方百計趕他走，只因為自己帶著難言的缺陷，一心希望他幸福，卻率先在他的心口上扎下了第一把刀。真愛，何來如此多的隱瞞與傷害？想要在他面前維護一時的美好，卻失去了一世的幸福。

其實，站在真愛面前，我們都是平等的，無論是健康或者疾病，無論是貧窮或者富裕，無論是邪惡或者善良，無論是咫尺天涯或者天涯咫尺——告訴他真相，給愛情一個交代，今生才不會給自己留下太多的遺憾。

想著，我掏出了筆，在紙條的背面寫道：

勇敢地告訴他真相，如果是真愛，他自不會嫌棄妳！

心靈慢活

- 有時候，擺脫煩惱的唯一方法就是傾訴，學會在傾訴中將自己的苦惱吐露。如果不願意將心事告訴對方，不妨選擇「傾訴瓶」的方式，讓海水替妳捲走煩惱。
- 在尼斯海岸附近，有一處觀景臺，雖然坐落在山腳下，但地勢明顯已經比海濱大道要高許多，站在這裡，眼際的開闊能讓你觀賞到大海蔚藍壯闊的景色和遠處環繞的城池山脈，尼斯海岸的美麗將在你面前展露無遺。

二〇一二年二月

平溪的天燈——光明與希望同在

我常用這種傷害愛情的方式，向那些嘲笑我的人做著可悲的堅守——我會挑剔著，還會一直挑剔下去！

二〇一二年二月我能回想起的最浪漫的事，就是元宵節的時候到平溪放天燈。將美好的願望寫在燈罩上，然後放飛，看著自己的願望冉冉升空的感覺，幸福彷彿瞬間就定格在了記憶裡。

春節前後，臺北市政府就會開始籌辦燈節活動，這時候慕名而來的遊客都會齊聚到平溪點燃屬於自己的那盞天燈。看著一盞又一盞天燈在眼前冉冉上升，帶著光明，帶著希望，內心就會充滿感動。我常常站在滿是天燈的夜空下，仰望這些好似繁星的天燈，那種美妙的感覺，彷彿置身於幻界，四處都是光，四處都可以捕捉到幸福的氣息。

一直希望身旁有個可以陪伴的人，在元宵節的時候，一起牽著手到平溪放一盞屬於我們自己的天燈，可是關於愛情，並不是每個人都能順遂，自己就是那個經歷了坎坷之後，終於還是失去愛情的倒楣蛋。

每每看到拉著手來到平溪放天燈的情侶，我常常很羨慕，因為身邊總是空缺著一個位置，每當累的時候，也希望有個肩膀可以依靠，但是自己對戀人的百般挑剔，總是讓我周圍的男士敬而遠之。

「她有什麼好挑剔的？長得又不出眾，性格又差……」相親失敗後，一聽到洗手間裡某些人不懷好意的議論，我就覺得內心一團火，桀驁的個性弄到最後，總是以和對方男士鬧翻臉，以「向左走向右走」的結局草草收尾。我常用這種傷害愛情的方式，向那些嘲笑我的人做著可悲的堅守——我會挑剔著，還會一直挑剔下去！

想來，戀愛對我而言，真是一件痛苦之事！平日裡最喜歡做的事便是看著偶像肥皂劇，想像自己是劇中的女主角，不算太漂亮，卻最終可以獲得幸福的愛情。每每看這樣的電視劇，心裡都會蒙上一層童話般的感動。為什麼有的女孩子就能夠博得眾多男孩子的青睞，而我卻不能？對比自己的性格，多半是出在「挑剔」上。

在第二十一次相親失敗後，我的內心暗暗勸慰自己，不如放下原則吧！隨便找個人將就著談場戀愛，這樣至少不會承受那麼多的孤單和痛苦！可是我的內心又在做著自我糾結——讓我如何跟一個自己覺得「不完美」的男人在一起，牽手、吃飯，甚至接吻？

內心做了無數場鬥爭，我終於還是堅守了自己的原則，不找到自己心中那個完美的他，決不放棄「挑剔」。**原來緣分這樣的事，也是可遇不可求的**。我的愛情在經歷一段潛伏期之後，終於迎來了曙光。

我遇見他的時候，對他也秉持著一味「挑剔」的態度：我說你抽煙嗎？我不太喜歡抽煙的男人；我說下次要注意把皮鞋擦乾淨了再來約會；我說我喜歡會做飯的男人；我說要是戀愛的話，一定要對我的父母好；我說我願意為喜歡的男人全心全意的付出……

為了贏得我的心，他默默地將我「挑剔」的理由銘記於心：只是在應酬的時候偶爾抽抽煙；每次來約我的時候都會將皮鞋擦得錚亮，順便送上一枝玫瑰；經常邀請我到家裡品嘗他實驗的新菜餚，家裡常備我最喜歡喝的檸檬汁；記住我父母的生日……

最終我們決定走到一起，我的單身生涯可以宣告結束。我問他，為什麼一點都不在乎我如此挑剔的性格？他笑著說道，妳挑剔是因為妳對待愛情很認真，而且妳的挑剔能讓我變得更優秀。他決定二〇一三年的元宵陪我到平溪放天燈，他的決定讓我滿懷期待。

尋愛，就像一段旅程，想要找到最美的風景，就不能貪戀於路邊的景色，想要找到真正屬於自己的他，就不要輕易放棄自己的標準和原則。終於可以在元宵節的時候，牽著手到平溪燃放天燈了。看著夜空中冉冉升起的天燈，我彷彿看到屬於我的愛情旅程才剛剛開始。

心靈慢活

- 平溪除了可以在元宵夜燃放天燈，當地觀光特色也不容錯過。行走在樹木蒼翠、街道古樸、民風淳樸的平溪，也是一件很愜意的事情。而且這裡曾經是許多電影的拍攝點，例如電影《老師斯卡也答》曾取景於的青桐火車站，偶像劇「流星花園」杉菜賣冰的冰店等也在此地。
- 到了平溪，可以選擇去「十分」欣賞漂亮的十分大瀑布。十分屬於平溪鄉的一個小鎮，曾經主要出產煤礦，煤礦停採後，這裡被改造成了博物館和咖啡館，加上當地怡人的風景，十分小鎮已晉升為臺北人的後花園。

二〇一二年六月

和鴿子的第一次親密接觸

想要和對方達到「親密無間」的關係，就要給對方一個腳步的距離……

和鴿子第一次親密接觸是在二〇一二年六月的特拉法加廣場。在倫敦，特拉法加廣場又被稱為「鴿子廣場」，這裡的鴿子對人毫無畏懼之心，經常呼啦啦一群又一群降落在廣場上，等著遊人餵食。

雖說特拉法加廣場上的鴿子不是很怕人，但是動物的敏感之心這裡的鴿子還是有的。只要你一動也不動，或者沒有傷害牠們的意思，牠們可以站在你的腳邊啄食，甚至有的還會把不小心灑落在鞋帶上麵包屑或者豆子銜起，一口吞掉，然後在你面前擺出一副心滿意足的表情。

我曾試圖在餵食的時候靠近這些鴿子，然後撫摸牠們光潔的翎羽，每每總是不能成功，當我靠近一步，牠們就會向外避開一步，始終要跟我保持一個腳步的距離。這樣的一隻小生靈，都需要安全感的包容，更何況人呢？我突然想起了母親的話。

「要想和他的關係最好，就要給他一定的空間，學會善待和包容！」母親一直認為我和男友的感情亮出紅燈，主要是因為我將對方看得太緊。我對自己這一做法也有著反駁母親的說辭：「如果不是因為太愛，我怎麼會這樣緊張他的一切？讓我對他的去向睜一隻眼閉一隻眼，我會寢食難安的！」當然，這樣的說辭，最終迎來的只是自我的寬容，卻贏不來母親的贊同。

和男友的關係忽然變得緊張起來，他越有意疏遠我，我卻想時刻朝他靠近。兩個人相處的時候變得局促，變得小心翼翼，甚至彷彿已然沒有了相戀時那種親密無間的感覺，取而代之的則是陌生，恐怖的陌生感佔據了我的心，我不知道他的內心是不是跟我一樣已經察覺到了彼此心與心的距離。

為什麼越是想靠近越是會遠離呢？坐在特拉法加廣場上給鴿子們餵食，看著眼前如此歡愉活潑的鴿子卻不能隨手愛撫，雖然讓我有些遺憾，但是看著牠們自由歡愉的在我腳邊覓食，內心還是感受到了一絲絲滿足。

餵完鴿子，趁著斜陽還未落盡，我坐在廣場周圍的是椅子上，掏出了一本雜誌翻閱，我被雜誌裡一篇關於製作楊梅果醬的文字深深吸引著，竟忘記了自己身在何處。正當我全神貫注地看著雜誌的時候，奇蹟出現了——我一直努力想要愛撫的鴿子，竟然自行落到我的椅子邊上。我隨後一摸，就輕輕撫摸到了牠光潔的翎羽，帶著蠟質的羽毛，撫摸起來那樣光滑，我還可以感受到小鴿子透過羽毛外衣的體溫。

小鴿子因為被我愛撫，竟變得更加乖巧，輕輕挪動粉紅色的小腳，眼睛出神地望著我，也許看著我一臉的笑意，牠並沒有要落跑的意思。感謝這樣的無聲的傳遞，我知道手下的這隻生靈已經感受到了我對牠的愛意，約莫過了十分鐘，牠終於扇動翅膀，展翅往高空飛去……

看著眼前的這些鴿子，回想母親的話，我似乎想明白了這愛情中的玄機：想要和對方達到「親密無間」的關係，就要給對方一個腳步的距離，這樣的距離不遠不近，既讓他明白妳對他的關愛，又要讓他能夠享受屬於自己的自由，只有這樣的才能夠贏得他的信任，贏得更多的愛。

而至於實在控制不住自己的想法，想要努力知道他所做的事，不妨換個思維活動，例如看書、看報、出門會友等，讓自己融入其他有意義的事情，也許就不會再糾結於這樣無意義又傷感情的事情上了。

心靈慢活

．到特拉法加廣場餵完鴿子，在廣場四周四處遊走也是相當愜意。廣場的背面是國家美術館，南面是政府辦公區白廳，西南面是水師提督門，廣場四周還坐落著教堂，有街道環繞，不僅改善了交通和環境，還為行人遊走提供了便利。

．如果不願意走動，在特拉法加廣場上待坐一天都不會覺得煩膩，因為這裡有著成片活動的鴿子，還有著許多來往的遊客。置身在整個廣場古典的建築中，看鴿群在天空飛翔，孩子們在廣場上嬉戲，畫家拿著畫筆在勾畫美麗他眼中美麗的景。哪怕只是坐著，也會覺得一天過得歡樂又充實。

二〇一二年　六月

埋藏在威爾斯的「愛情密碼」

《哈利波特》整個影片的拍攝，許多場景都取自威爾斯，因此小鎮每一年都會吸引來著許許多多的哈利波特迷們前來探訪。這裡，古樸的建築散發出魔幻主義的氣息，而茂密的森林則散發著自然界的神秘主義氣息，兩種氣息的交匯，讓這座小鎮在亮麗的風景下還帶著迷人的風情。

二〇一二年的六月，我來到了位於英國西南地區著名的旅遊勝地——威爾斯小鎮。這裡的風光足以和荷蘭的羊角村相媲美，前者幽靜中帶著幻想，後者幽靜中帶著靈動。

初到威爾斯我便被這座英國最小的「市」深深吸引。

威爾斯小鎮上保存著許多的歷史文化古跡。走在這裡的街區，會讓人驚訝地發現，這裡的許多建築依然保留著英國中世紀的風格，似乎因為這些建築的存在，使得整個小鎮的城區看起來很古老，而小鎮的四周便是一派絕美的田園風光。

正因為這些古老的建築和這裡的田園風光，帶著「哈利波特」印記的威爾斯，讓行走在小鎮中的遊客覺得自己彷彿走進了電影裡，也宛如走進了有關魔法的世界中。

我在這座散發著古老氣息的小鎮中行走，彷彿也變成了一個哈利波特迷，每看到和電影中相同的景，就禁不住要驚呼。**我喜歡偶遇美景的感覺**，就像現在偶遇電影中相同的景，就像在現實中邂逅一位佳麗，總是讓人的情緒變得格外高漲。

《哈利波特》之所以選擇在威爾斯取景，許多成分也是因為威爾斯小鎮周圍有著十分優美的田園景觀。這裡的農舍、樹林、羊群、田野構成了一幅美妙的畫卷。站在任何一個角度勾勒出的景都能成為一幅絕美的油畫，可惜手中沒有繪畫工具，我只好用眼睛貪婪地裝訂著眼前所看到的令我心動的景色。

我越發的喜歡上了這座小鎮，這座環境優美的小鎮是適合情侶出遊的絕妙之地。想像和心愛的他，手拉著手在威爾斯大片的田野上奔跑，大口呼吸著威爾斯的新鮮空氣，感受彼此的心跳，那種自由的浪漫將在這裡的林間、草地、羊群中肆意地蔓延——不用任何笑話就能讓對方心情好起來的，也許就是美麗風景的驚人奇蹟。

我想起周圍朋友的戀愛，除了每日一起逛街、購物、聚會，將男朋友培養為專人搬運工之外，就是看電影、吃飯、唱歌，將愛情定義在狹小的活動空間內。每當聽到「談戀愛有什麼意思？每天都是這樣平凡的節目！」、「他根本就一點兒都不浪漫！」、「瞧別人多幸福！和他生活我覺得自己很委屈！」之類的抱怨，我都會感慨這樣的愛情。

是因為女人那顆攀比的心嗎，總是和別人比幸福？為什麼要和別人比虛無的幸福呢？

行走在威爾斯小鎮廣闊的田野上，讓自己的心情沐浴在柔美的風景裡，此時單身的我卻在這如畫的情景中感受到戀愛的微妙——那種依戀的甜蜜，那種自我陶醉，和對愛與美的狂熱追求又重新回到了我的體內。

原來，愛情的密碼不過是——和他／她手牽手，一起將這世間風景都看盡。

心靈慢活

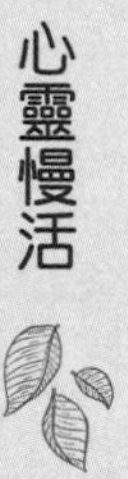

- 威爾斯小鎮至今仍保持著一項古老的傳統——星期三和星期六的「趕集日」，一週中的這兩個日子，當地就會搭起臨時的露天市場，兜售各種貨物。在威爾斯小鎮的露天市場中和當地人一起趕集，也是一件相當有趣的事情。

・想到真正感受威爾斯歷史的古韻味，旅居威爾斯的時候，到牧師內街去走走看看，將是不二的選擇。牧師內街被稱為世界上現存的最古老的市政街道，百米長的市政街道，依然保存著英國的古建築風格，高聳的煙囪和方石塊鋪就的路面，給人時光回溯的感覺。

在聖傑門小鎮漫步

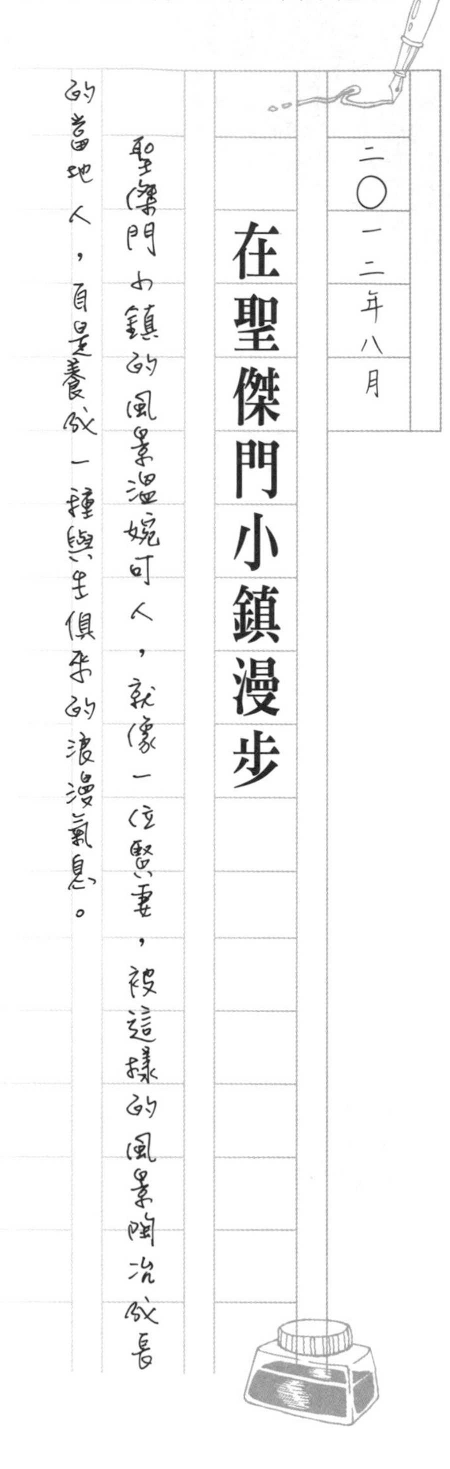

二〇一二年在法國遊走的時候，在夏日的八月裡來到了聖傑門小鎮。有幸來到這樣一片充滿溫馨的小鎮，我的心也被這裡的景色感染著，變得異常柔軟和溫馨。

在聖傑門小鎮的每一日裡，我最喜歡做的事便是背著小包包，跳躍在這裡的街頭巷弄，感受這裡的浪漫。

在我眼中，聖傑門小鎮的街市並沒有巴黎的繁華，卻四處洋溢著一種自內而外的熱鬧氣息。這片土地就像一塊剛剛出爐的新鮮麵包，散發著生活的香味。小鎮附近有著大片大片的葡萄園，一到收穫的季節，葡萄飄香，可以想像這裡的每家每戶都在忙著收穫，忙著釀酒，忙著製作葡萄乾，忙著製作點心的場景。經過葡萄園的時候，我已經隱隱嗅到了葡萄成熟的香氣。

小鎮坐落在群山腳下，有小溪流靜靜流淌過，景色細膩怡人。來聖傑門小鎮之前，有人曾跟我稱讚過這座小鎮是情侶度假的聖地。到這裡漫步，終於領略到了這裡的浪漫，當然，不僅僅是因為這裡有著香醇可口用來調劑浪漫的葡萄酒，更主要的是因為這裡的任何一片草地，一處樹林，都是露營的不二之選。

尤其是夏日裡，帶著愛侶，來到小鎮的草地上或者樹林間休憩，一邊賞景，一邊燒烤。烤香腸和烤雞腿的香味充盈四周，吃著自己烤出的食物，配上果醬麵包，坐在草地上聽著鳥鳴，比起安安靜靜坐在小店中享受別人做好的美食那滋味要好得多了！

聖傑門小鎮，讓我像發現了新大陸一樣內心充滿了興奮。我希望有一天自己心愛的他也能夠來到這座小鎮，跟我享受一頓野餐——在行走的過程中，每每看到可以製造浪漫和幸福的場所，就會不由得想到自己的愛情。

愛一個人真是一件龐大的思維工程，除了在行走中遇到好玩有趣的事會發出感慨「要是他此刻也在多好！」就是每晚入眠的時候，都要將和他經歷過的小細節拿出來細細回想一遍。

再平凡的事情，在腦海裡都是異常珍貴的記憶，比如他刮著妳的鼻子佯裝生氣的口吻對妳說：「真拿妳沒辦法！」，或者他在吃著妳親手做的飯菜時，風捲殘雲一番後，抬起頭問妳「還有嗎？再給我盛點！」這些場景溫馨如昨，想起的時候，眼角都要洋溢著笑顏。我似乎明白了真正愛一個人的感覺，就像在聖傑門小鎮漫步，總能在一天中多次想起他來，而他的音容笑貌，也總是在遙遠的異鄉浮現在腦際，揮之不去。

回想自己曾經相處過的戀人，談戀愛就像例行公事一樣牽著手、吃晚飯，一起看電影，一起去遊樂園，最後拜見雙方父母，到最後結婚也成了例行公事。現在想想，這樣的愛情顯得如此單薄而不可信。遊走在聖傑門小鎮優美的景色中，我開始暗暗慶幸自己的逃脫。

有時候，為了不傷害對方，讓心底的善良將就了愛情。將就出來的愛情或多或少都會為將來的生活埋下隱患。也許有一天，當自己看到一處觸動心情的景時，卻想起了另外一個他，對現在牽手的他來說，難道不是一種傷害嗎？

心靈慢活

• 聖傑門小鎮夏日的夜景同樣使人陶醉。吃過晚飯後，找一處僻靜的草地躺下，吹著晚風，聞著草香，看著「落霞與孤鶩齊飛」的天空，身心都會十足的放鬆和愜意。

• 聖傑門小鎮的任何一棟建築都可以看到歲月的痕跡，那些被時光剝蝕的牆壁在鮮花詩情款款地裝點下呈現在眼前的不是腐朽和沒落，更多的反而是一種生活的藝術。在小鎮中漫步，哪怕是一片斑斕的景，也蔓延著一股淡淡的溫馨。

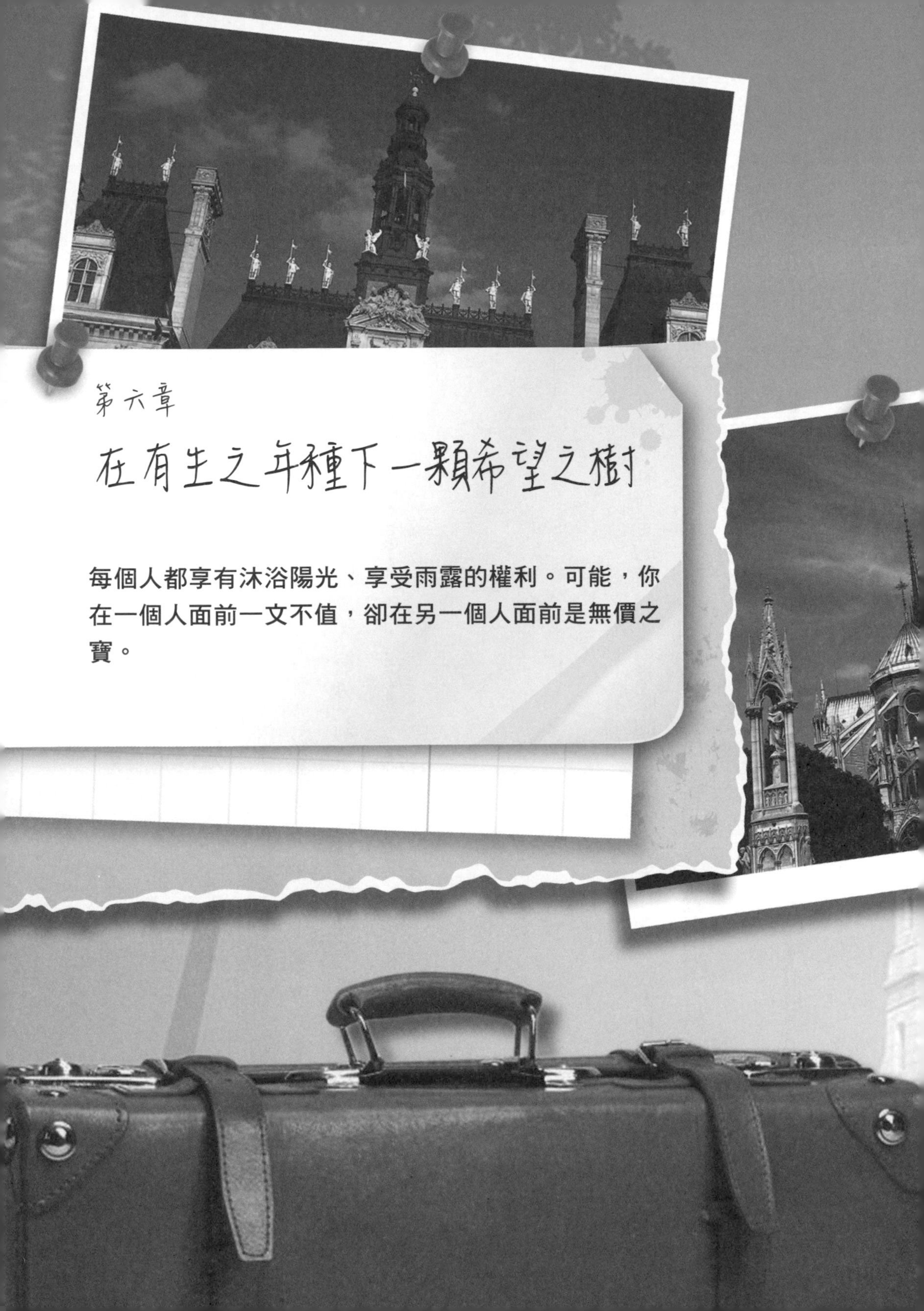

第六章

在有生之年種下一顆希望之樹

每個人都享有沐浴陽光、享受雨露的權利。可能，你在一個人面前一文不值，卻在另一個人面前是無價之寶。

二〇一一年一月

難忘的義大利空心麵

做人何嘗不需要如此，太過的充滿，就再也容納不下其他的事物，只有永遠懷抱一顆虛懷若穀的心，才能時刻準備迎接新鮮事物，並將這些新鮮事物融化在體內，豐富自我，使自己擁有更強大的力量，成為一名有內涵的強者！

二〇一一年一月在義大利行走的時候，最常吃的食物便是義大利麵。義大利麵是西餐中比較接近亞洲人飲食習慣的，所以在吃義大利麵的時候，我並沒有覺得很不合口味，反而在細細咀嚼的時候，漸漸喜歡上了義大利麵。

在義大利，各種義大利麵讓我大開眼界，它的醬汁不同，吃出來的味道也就千秋各異，然而不管是用什麼蔬菜、肉類製作出的醬汁，我都願意去嘗試，因為義大利麵美妙的口感，總是讓人回味，百吃不膩。尤其是義大利麵中的空心麵，加上獨特的空心造型，更是吸引了許多小遊客。

一日，在義大利佛羅倫斯的街巷中遊走，飢腸轆轆地找了一家餐館，照舊點了一份餐館裡的招牌義大利麵，準備放開胃口，飽餐一頓。這家餐館大概是和旅行團合作，只見有導遊帶著遊客陸陸續續進到店裡，頓時整個餐館生意一下子熱鬧起來。我點的義大利麵排了很久，依舊沒有上桌。

不知道是不是因為是獨行客容易被遺忘，旁邊餐桌上後面跟團來的遊客已經上了麵，而我的卻久久沒輪到，我耐著性子等了等。在等上菜的空檔，我只能坐在位置上乾發呆，腦海中閒不住地重播著幾日來在義大利各個地區行走的場景。

沒過多久，我的義大利麵上來了，是餐廳菜單上淋著番茄和牛肉醬的招牌義大利麵，唯一不同的是，實心麵條變成了空心麵，我有些不開心了，嘟囔著叫了幾次侍者。沒想到店裡太忙了，根本沒有人注意到我的召喚。

坐在我對面一對父女看了看我，小女孩約莫八、九歲的年紀，看父女倆戴著旅行社發的小紅帽，就知道他們是跟團一起來義大利行走的遊客。小女孩一邊吃著碟子裡的空心義大利麵，一邊看著我，說道：「妳最好別換，空心麵也非常美味，不信妳嘗嘗！」

聽了小女孩的話，我對盤子裡的空心麵抱著試試看的心情，一口一口地吃開了——果真如小女孩說的那樣！空心麵也很美味，它甚至比實心麵條讓人覺得更滑口，味道更均勻！我顧不上那麼多了，低著頭津津有味地吃起我的義大利空心麵。

對面的小女孩笑著看著我，繼續說道，「我爸爸說空心麵之所以好吃，是因為這些麵條虛懷若谷，我將來長大了也要做虛懷若谷的人！」小女孩的父親，坐在一旁朝我不好意思地笑了笑，我也禮貌地回應了他的微笑。

我一邊吃著盤中的義大利空心麵，一邊回想著剛才小女孩說的那句話……麵條虛懷若谷……長大要像這些麵條那樣做虛懷若谷的人……之前一直感受於麵的美味，從來沒想過麵也是如此有「個性」的。在細細咀嚼中細細回味，是啊！那些空心麵確實是具有虛懷若谷品格的，每一顆空闊的心都能在攪拌後，容納下許多外來的醬汁，這樣吃起來，味道才會更均勻、充實和香滑。我感慨於小女孩聰慧的個性，更感慨於小女孩父親無處不在的教育方式。

做人何嘗不需要如此，太過的完滿，就再也容納不下其他的事物，只有永遠懷抱一顆虛懷若谷的心，才能時刻準備迎接新鮮事物，並將這些新鮮事物融化在體內，豐富自我，使自己擁有更強大的力量，成為一名有內涵的強者！

在接下來吃義大利空心麵的時候，我的心久久不能平靜。

在女孩和她的父親跟我揮手告別的那一剎那，我知道面前的這盤飽含牛肉醬汁的義大利空心麵，將成為我在義大利佛羅倫斯，吃過的最難以忘懷的義大利麵。

心靈慢活

- 再平凡的美食都有它獨特的味道，就像義大利麵，對義大利任何一座城而言，義大利麵是再稀鬆平常不過的主食。行走義大利的時候，好好去品嘗當地正宗的義大利麵，你會發現，每一種統稱為義大利麵的食物，都有著不一樣的風味，就像對每個人而言的人生，都有著不一樣的命運。
- 想在行走的時候感受家的溫暖，可以選擇居住在當地的家庭旅館內。家庭旅館可以為你提供更自由溫馨的服務，和旅館主人相處融洽說不定還能夠受邀免費品嘗到旅館主人親自為你做的美食，一盤親手做的食物，便是旅居異鄉能夠收到的最溫暖的饋贈。

二○一一年三月

在食物中放逐的靈魂

在巴賽隆納，沙灘邊的餐館和酒吧是我常去之所。一來很喜歡那裡鮮得讓人欲罷不能的海鮮，二來是眷戀海邊風景的秀麗。選一個靠海的位置，推窗望去，便可以望見遠至蔚藍的大海，吹著海風，吃著剛剛從海裡打撈上來的海產，就像居住在自給自足的農家小院那般，讓人感到幸福和滿足……

在巴賽隆納吃海鮮，實在是一件幸福的事情！因為緊鄰海邊的地理優勢，在沙灘上，哪怕一家簡單的酒吧或者飯館，都能夠讓遊客品嘗到正宗的海鮮。二○一一年三月在巴賽隆納遊走的時候，我算是飽嘗了這裡沙灘飯館和酒吧裡各種海鮮的美味，也吃到了道地的西班牙海鮮炒飯。

有時候幸福對自己而言，不過是吃了一餐美味的食物，味覺上的愉悅享受，彷彿靈魂都變得自由幾分。尤其是在忙碌奔走了一天後，終於可以坐在餐桌上，點上幾份想起來就食欲倍增的菜餚，在等待的過程裡，便覺得自己得到了無盡的幸福。

據說西班牙海鮮炒飯和法國蝸牛、義大利麵並稱為「歐洲人最喜歡的三道菜」，義大利麵的美味至今猶在舌尖，而西班牙海鮮炒飯真正嘗在口裡，口感上和味覺上都不輸於兩個國家的這兩道美食。

在一個風和日麗的午後，我如往常一樣，在巴賽隆納市中心逛累之後，來到了海岸邊一家沙灘酒吧。酒吧內的裝修設計顯得有些簡陋，被刷得雪白的牆面，鋪滿了深灰色原木的屋頂，蓋著簡單白布的餐桌，然而卻是這樣一間簡陋的酒吧，沒想到卻帶給了我許多舌尖上的享受。

今天我點了一份文蛤，雖然文蛤只是在開水中焯了一會兒就呈上桌，沒有經過過多繁雜的工序，嘗在嘴裡，卻是鮮味四溢，口中嘗到的原汁原味的文蛤，只能不住感慨再也沒有什麼做法能夠與這樣簡單的做法相媲美！

當我沉浸在美食的世界中時，酒吧裡走進了一位相貌端莊的女孩，在我斜對面坐了下來，一個人點餐就點了八菜一湯，幾乎要將這個簡陋酒吧的菜單上能點的菜都點了。菜端上來後，女孩木然地夾著碟子裡的菜餚，一個勁往嘴裡塞——也只有痛苦的時候，才會選擇這樣暴飲暴食。看著她毫無滋味地咬合著餐桌上的美食，我想起了大學時候同寢室的姐妹們。

四人的寢室裡，誰一旦遇到心情不好我們都能猜得出來，因為青澀年紀裡，我們發洩鬱悶的方式都是一樣的，買來一堆零食，不分主食、副食統統吃進肚子裡，將自己的胃塞地鼓鼓囊囊才肯停下來。我甚至還記得我睡我上舖的艾米，從來不吃速食麵的她，失戀那天，竟然把我買來當宵夜的那箱速食麵都給吃了個精光！晚自習回來，看著滿床掉落的速食麵碎屑，我真害怕她一小心再多喝兩口水，遇水膨脹的速食麵就會將她的肚子撐爆……

畢業後，四個人或多或少都得了胃病。當初多麼傷心欲絕，多麼悲觀絕望，多麼豪氣萬丈地在食物中宣洩心底的不滿與憤懣，踐踏了美味的食物，也踐踏了自己的胃，在現實中依然沒能挽回任何東西。如今的自己算是明白了，在成長的歲月中，如果妳不懂得愛惜自己，別指望還有人來愛惜妳。

遇到再難過再傷心的事情，依然可以「放肆」一下，點上一餐豐盛的菜餚，或者購買許多美味的零食，目的卻不是暴飲暴食消極發洩，而是用來慰藉自己那顆傷透了的心，好好地在美食中放逐自己的靈魂，讓味覺上的美好去沖淡心底的苦澀，最後，在體力恢復後，擦乾

心靈慢活

- 對巴賽隆納的海邊飯館或者酒吧來說，美麗的海灘就是它們的延伸的餐廳，蔚藍的大海和海邊的林木就是它們最富麗的裝潢。行走巴賽隆納，選擇飯館不在乎有多大或有多小，不在乎裝潢是否富麗堂皇，簡簡單單一家海邊的小飯館就能夠讓你品嘗到地道的海鮮，而且絕對物美價廉。
- 在巴賽隆納，用過晚餐，可以選擇海邊作為散步的場所，迎著海風，看遠處海面上歸帆點點，海鷗撲打著翅膀，在天空中自由飛翔，看海灘上堆沙堡的孩童，看落日餘暉下的波瀾壯闊的大海。看生活中最平凡溫馨的景，總是讓人心情變得格外舒暢。

二〇一一年三月

吃在波多（上）：舌尖上的故鄉

二〇一一年三月在葡萄牙波多（Porto）行走時，品嘗的那一餐美食，深深烙印在了我的記憶中，那是我在行走的過程中，吃過的，最能讓我想起故鄉的菜餚。依然記得當時自己在吃番茄和洋蔥時，因為想起故鄉而潸然落淚的情景……

也許短途的行走，或者七天至十五天的行走，還不能讓你真切感受到思家之苦。而一旦你選擇了踏上遠方的長途旅程，那麼，在異鄉顛沛流離的感覺，在街頭看到全家出遊的場景，都會在不經意間觸動你的思鄉情懷。

遠方的行走，並不盡如每一個人心中所想的那麼美好。

在獲得視覺享受的同時，卻失去了和家人圍在火爐邊談天說地的幸福。行走在葡萄牙波多的時候，我突發地傷感起來，主要是因為思家的情愫作祟。

早晨，在波多的街巷中穿梭，拿著自己的單眼相機不斷拍攝路遇的美景；傍晚，在許多當地人趕著回家和自己的家人共進晚餐的時候，我來到了街頭一家小餐館，準備開始進行我一個人的晚餐。

葡萄牙有句俗語說「吃在波多」，果不其然，波多的餐館沿街隨處可遇。有的清新亮麗，有的典雅浪漫，有主打海鮮炒飯的，有主打鮮湯的。我挑得有些眼花撩亂，還是按照慣例，憑感覺去選擇餐館吧！每當我需要做選擇，而拿不定主意時，「感覺」就晉升成了我的指揮官。

不知不覺竟然走到了一家速食店，也許內心想著早點吃完，早點回旅館休息，所以會停在這家店門口。在速食老闆的指點，我要了一份烤乳豬沙拉米飯和一份蔬菜湯。在葡萄牙，洋蔥、大蒜、橄欖和葡萄，幾乎是他們的食物中必不可少的食材。端上來的烤乳豬沙拉米飯，有新鮮的生菜、焯水的洋蔥，還有新鮮的番茄片。而烤乳豬實在做的極為到位——豬皮吃起來又香又脆。看到米飯裡點綴的葡萄乾，我突然覺得異常溫暖。

入口，實在很美味，不論是米飯還是烤乳豬、洋蔥、番茄。我細細咀嚼著這樣一份「速食」。在吃番茄和洋蔥的時候，熟悉的味道湧上心頭，我想起了遠在新加坡的父親、母親。小時候不愛吃煮熟的番茄和洋蔥，父親、母親卻覺得這兩樣食物富含豐富的營養。為了讓我在發育的年紀裡不挑食，父親特地買了一罐沙拉醬，用心良苦的將番茄、洋蔥、紫高麗菜、火腿製作成好看的沙拉，挑食的我再也難以抵擋這樣漂亮誘人的食物，大口地吃了起來……

在香港開始工作後，便搬出來自己租房住，常常因為工作忙碌而吃速食品。母親得知後，三天兩天往我的住所跑，她寧願自己兩邊奔波辛苦一些，也不願我總在外面吃一些沒有營養的食物。我一邊吃著餐盤中的沙拉米飯，一邊想念著我的父親、母親，想念著臺北生活的點滴。

我們總會有離開父母懷抱，長大的那一天，無論我們到了二十歲、三十歲、四十歲，或者更老，只要我們的父母還健在，我們在他們的眼中，就永遠是那個從來沒有長大過的孩子。要想讓遠在故鄉的父母放心，我唯一能做的就是——勇敢面對前行路上的任何可能出現的問題，照顧好自己，就像中國著名詩人汪國真在《熱愛生命》這首詩歌中所寫：

我不去想是否能夠成功，既然選擇了遠方，便只顧風雨兼程……

我不去想未來是平坦還是泥濘，只要熱愛生命，一切，都在意料之中……

心靈慢活

・父親、母親永遠是這個世界上最疼愛我們的人，不管行走在多麼遙遠的異域，一通報平安的越洋電話，一張越洋郵寄而來的明信片，對他們而言，都是孩子送給他們最為珍貴的禮物。在欣賞美景的時候，別忘了──家的風景，永遠是人生最美的風景。

・無論在任何一座城市穿梭，都可以在那裡的街市中為自己的所愛的人挑選一份禮物。帶著給心愛之人挑選禮物的心境在街頭遊走，會讓你學會留意許多新奇的玩意兒，學會在心中裝著一顆感恩的心。人生中擁有再多的財富都抵不過一顆感恩之心來得寶貴。

二〇一一年三月

吃在波多（下）：路遇的幸福

在波多某個陽光明媚的午後，我在街上遊蕩著。波多的大街小巷裡，經常可以遇到和我一樣拿著相機四處拍照的獨行客，有時候別人成了你相機裡的景，有時候你成了別人相機裡帶走的景，不管是何種情況，在行走中，都該彼此感謝對方，不經意間便做了彼此風景中最亮麗的模特兒。

二〇一一年三月在波多的經歷充滿了傳奇色彩。之前從來不曾料到自己會在這座吃食豐盛的城市裡，能夠享用一餐免費的午餐，並且還結交了一位來自澳大利亞的朋友。雖然我們來自不同的國家，有著不用的生活習慣，但是兩個人彼此真誠的心和彼此的信任，讓我們在第一感覺後便成為了好友。

而緣分，永遠是這樣邪乎的事情，我就是在街頭拍照的時候遇到來自澳大利亞的G的，他有一雙好看深邃的眼睛，嚴肅說話的時候有點像好萊塢著名的男演員強尼．戴普。當時我正抬著頭，打算抓拍一家商店招牌上飛落的一隻灰鴿子，而G當時也正擺弄著相機，調著鏡頭，準備拍下這難得一見的情景。當我們以同樣的速度給灰鴿子拍下照片的時候，同時發現了對方。這樣的巧合，讓我們不自覺地攀談了起來，最終決定兩個人結伴一起在波多的市區中遊走。

G說他看到我第一眼的感覺覺得很熟悉，我對他也有同感，我之所以覺得有點熟悉，也許主要是因為G在某個角度看去很像我喜歡的演員強尼．戴普。我們兩個獨行客，一路走走拍拍，累了就坐在街頭的長條椅上休息，就像多年前就已認識的好友，交談著彼此一路上遇到的奇聞怪談，還談到了最近的心事。不知不覺就到了深夜，到了分手的時候，恍惚間竟覺得有一絲絲不舍。G說他知道有一家海鮮飯店明天要舉辦活動，前二十位來店裡點餐的顧客，可以免費享用三菜一湯的豐盛早餐，他問我有沒有興趣？

我聽了G描述的那家店，突然想起自己曾在那家店吃過海鮮，味道真是不及其他小餐館，可是G依然堅持勸我早上早起去吃一餐免費的早餐，他說，世界上沒有免費的午餐，遇到了，那可是千載難逢！我看他一臉期盼的樣子，就笑著答應了。

第二天，我早早起床後，梳洗完畢，就前往約定匯合的地點。巧合的是，我和G都比約定的時間提前了十五分鐘到達，我們相視而笑，一起去了那家海鮮飯店。因為趕得很早，我們很幸運地排到前二十位。兩個人可以享用五菜一湯，端上來的菜餚中，有鱈魚，有橄欖油浸沙丁魚，當時興奮的心情讓我覺得這些食物看起來異常美味，胃口也上來了！兩個人面對面，顧不上多說話，大快朵頤起來。

吃飽後，我們倆心滿意足地走出了飯店。我對G說，今天的海鮮吃起來比那天我來吃的要感覺鮮美爽口！G聽後扮著鬼臉，用蹩腳的中文對我說，那是因為有我在啊！我聽了他陰陽怪氣的發音後，忍不住爆笑起來……

不知不覺間和G在一起看風景，品嘗大餐的時光很快就走到了盡頭，他有事要提前返回澳大利亞，而我要繼續我在歐洲的行走計畫。分別的時候，有些不捨，但是彼此都在努力微笑，把離別的憂傷隱藏在了心底。G離開波多後，我有再去那家海鮮飯店吃曾經和他一起吃過的海鮮，卻意外發現，再也找不到當初那個鮮美爽口的味道。

原來食物美好的滋味，可以隨著一個人的消失而消失……

人生中有一些美好的際遇，可遇不可求，它們就像偶然間闖入你窗臺的小鳥，兀自唱完歌，便悄然消逝在了你的世界中，只給你留下淡淡的一抹思念。

在人生的路途中，遇到這樣的美好，你能做的只是，在幸福降臨的時候，好好享受。

心靈慢活

- 波多瀕臨大西洋，這裡的海產也極為豐富，尤其盛產沙丁魚和八角魚，到了波多，去嘗嘗橄欖油浸沙丁魚，嘗嘗八爪魚佐以洋蔥粒和醋的美味，嘗嘗當地多汁的豬排和豐盛的湯，會讓你在美食中有種將要融化的感覺。
- 波多的葡萄酒也是久負盛名，到了波多，別忘了到店中品嘗當地的葡萄酒，同樣可以在喝葡萄酒的時候，給自己選擇一個優雅寧靜的環境，例如酒店臨海的露臺，有星空的天臺，裝飾精美的餐廳，播放著柔和音樂的酒吧等。優雅寧靜的環境，才能讓你更好地去領略一杯葡萄酒的魅力。

轉角遇到的「愛心甜點」

二〇一二年一月行走在巴黎，巴黎作為著名的甜點之都，像我這樣的「甜點愛好者」自然要去搜羅這裡的各色甜點，滿足一下味蕾的需要。

甜點對巴黎人來說，就像空氣和水，是他們生活中密不可分的一部分。走在巴黎的街頭經常可以看到各式各樣的甜點店。我慕名去過位於瑪德蓮娜教堂附近的老字號大小 Fauchon 和 Hediard，店裡的各種果醬、餅乾琳琅滿目，臨走的時候我還不忘帶走了一罐魚子醬。

之所以帶走，並不是因為魚子醬有多麼好吃，主要是因為魚子醬含有皮膚所需要的各種

轉角遇到的"愛心甜點"
2012年1月

微量元素、蛋白質、礦物鹽、氨基酸等，不僅對身體有益，還能夠滋養皮膚，使皮膚變得細膩光潔。有時候女人就是這樣奇妙的動物，因為一種食物的美容功效，便會對它進行大快朵頤。

巴黎的甜品其實主要集中在塞納河左岸一帶，譬如巴黎的聖日爾曼德佩區和拉丁區。漫步在這兩個區，就像漫步在甜品的國度裡，一個轉角的距離就能遇到自己喜歡的甜品。不僅是甜品店，這裡還有著最古老的咖啡館、餐廳和酒吧，吃完點心的同時，可以再來一杯咖啡，或者一瓶啤酒。在聖日爾曼德佩區和拉丁區喝杯咖啡、吃塊甜點，成了我在巴黎一天中最愜意的事。

在歐洲行走的日子也像在臺北求學時那樣過得飛快。席慕容說，走得最快的總是最美的時光。一恍惚間，就走到了二〇一二年一月十八日，那個和心愛的他和平分手的日子。翻看手機上的日曆，去年一月十八日和他分手時的場景依然歷歷在目。

女人對自己喜歡過的男人總是嘴上說著忘記，實際心裡依然在記掛，看到任何一個能夠引起回憶的小細節，都能在腦海中將所有關於他的事情都回想一遍，哪怕這樣的回想對感情毫無助益，甚至有可能讓自己變得傷心憂愁，也依然控制不住地要去想念。

愛一個人不容易，所以忘記更不容易。

在回想起他的時候，我的內心感到極大的苦痛和失落。當時便是懷著這樣落寞而沮喪的心情遊走在聖日爾曼德佩區的街頭，找了一家甜品店，決定用美味的甜品趕走心頭上的苦澀。

點了一份水果沙拉、一瓶香檳，一塊黑森林，順便問了問有沒有賣「香芋甜心」的，我手舞足蹈地描繪了一遍「香芋甜心」的形狀和材料，服務人員聽了半天，最後很茫然地搖了搖頭，告訴我他們店裡沒有這樣的甜點，我聽了覺得很失望。那是唯一他餵過我的甜點，原本以為在這個特殊的日子裡，可以再嘗一嘗香芋甜心的味道……

在吃黑森林的時候，味道是苦澀的，我突然覺得人生很淒涼，腦海裡不斷重播著過去，一種悲的感覺佔據了整個心頭。突然這時候，那名為我點單的服務人員走了過來，給我端來了一碟心形的馬卡龍，並告訴我，因為店裡沒有「香芋甜心」他們感到很抱歉，他們的店主將馬卡龍做成「香芋甜心」的桃心形狀，贈送我免費品嘗。

店主的細心與周到讓我深深感動，看著碟子裡擺放的六顆色彩豔麗的「心」，我的眼睛濕潤了，有想哭的感覺。原來生活不單單只有「香芋甜心」，還有其他的「心形甜點」，那些替代了香芋甜心的馬卡龍一樣擁有許多我意想不到的美好味道。

在那家甜品店裡，我帶著一顆幸福的心品嘗著桌上的美食，品嘗著那一份令我終身難忘的「愛心甜點」，就像重新品嘗生活的滋味。

那碟愛心馬卡龍讓我明白，生活中有些美好是可以替代的，只要肯敞開胸懷，生活依舊精彩。

心靈慢活

- 馬卡龍是法國甜點的象徵，在法國巴黎每一家高級的甜品店裡都少不了馬卡龍的身影，馬卡龍不僅味道可口，而且形狀可愛。忙碌了一個上午，下午到附近的甜品店中，嘗一嘗新鮮出爐的馬卡龍，喝上一杯爽口的香檳，真是一天中最美的享受。
- 法國的甜點師就像半個藝術家，有些甜點店是允許食客觀摩製作甜點的現場的，可以趁著這樣的機會，看看甜點師們是如何在十幾分鐘內製作出各式各樣的甜點。享受美味，感受藝術，何樂不為？

二〇一二年一月

一杯葡萄酒攪起的法式幽默

難以想像自己曾經像個酒鬼一樣去了波爾多，目的就只是為了品嘗波爾多的葡萄酒。其實法國各地都盛產葡萄酒，在哪裡都能喝到想喝的口味，可是卻偏偏對喝的地區產生了苛刻的要求，彷彿一個偏執狂。

時間倒退到二〇一二年一月在法國的時光。

位於法國西南部的波爾多有葡萄園十一萬公頃，在如此廣闊的葡萄園內，遍佈了八千多家酒莊。據說這裡的酒莊各具風格，相同的材料釀出的葡萄酒都是不一樣的味道。

抵達波爾多城後，我隻身來到紀龍德河和加龍河右岸一家看起來很溫馨的小酒莊，決定在這家酒莊裡好好享受一番莊園生活，同時嘗一嘗波爾多純正的葡萄酒的美味。沒想到我選擇的那家小酒莊包括我在內，當日就來了十二名遊客，熱門程度非我所想。

莊園主人帶著我們參觀了他家的葡萄園，因為是冬季，葡萄樹沒我預想中的蓬勃和蒼翠，好像一群整齊排列著沉浸在睡眠中的孩子。莊園主人告訴我們，栽培葡萄樹的時候，哪怕遇到乾旱，也不適宜多澆水，少澆水才能讓葡萄紮根更深，這樣有利於葡萄樹的成長，結出的果實也就更美味；而到了葡萄收穫的季節，這片土地上就會洋溢著葡萄的香氣，掛在枝架上的葡萄，一串串晶瑩剔透，很誘惑。

參觀完莊園主的葡萄園，莊園主人還帶我們去參觀了他家的酒窖，雖然沒有紀龍德河和加龍河左岸久負盛名的五大酒莊（拉圖、拉菲、瑪歌、布里翁高地和木桐）裡的酒窖高貴精緻，卻也有著一種田園溫馨之感。在參觀酒窖的時候，讓我有些迫不及待想喝上一杯香醇的葡萄酒。

終於等到晚上大家圍在餐桌前一起享用莊園女主人早早為我們準備好的家常美食。餐桌上早已擺放了幾瓶年代不同、口感各異的葡萄酒。我們一邊吃著美食，一邊品嘗葡萄酒，心中有著說不出的愜意。

吃完晚飯，在莊園裡舉行了自助酒會，大家可以隨意點上想喝的葡萄酒，可以聊天，可以唱歌，可以跳舞，可以瘋狂一下。因為累了一天不太想動，我坐在角落裡，喝著葡萄酒，看大家歡歌跳舞。突然喧鬧的人群中走出一位青年男子，他說他叫肖恩，來自法國里昂，他看到我獨自一人，想陪我喝杯酒。

我們漫無目的的交談著彼此曾經的過去，聊著聊著，竟讓我想起了曾經失敗的自己，工作的失敗，戀愛的失敗，生活的失敗，我甚至想不出我的過去有什麼值得我可以拿來炫耀的！這樣想著，心情失落到了極點。肖恩似乎察覺到了我落寞的神情，作為一個地道的法國人，此刻的他只是拍著我的肩膀，給我的高腳杯裡斟滿了葡萄酒，對我說：「聽著！妳現在只需要做一件事，那就是把這杯酒喝掉！」我舉起酒杯一飲而盡，肖恩又往我的酒杯裡倒滿了葡萄酒……

那晚，我不知道我喝下了多少葡萄酒，過量的飲酒讓我嘔吐。隱約記得肖恩在我嘔吐的時候，給我遞過紙巾，並對我說道：「太棒了！妳已經將心中的鬱悶全都吐出來了，妳會很快好起來！」當時神志不清的自己已經無法回應他的法式幽默。

據說後來在酒莊女主人和肖恩的幫助下，我總算是被扶回房間如死豬般昏天暗地地睡了一場。次日醒來，頭痛欲裂，終於明白痛苦的時候，喝酒買醉真不是什麼明智之舉。經過這件事，我也終於明白，不論曾經自己有多麼失敗，依然還有許多成功的機會等待著我——人**生如喝葡萄酒，慢慢品嘗才能夠品出優雅，品出味道，而想一口氣喝光所有，一下子品嘗完**

所有的味道，只會讓自己不堪重負，最終失去全部。

心靈慢活

- 波爾多左岸的五大酒莊還是很值得去走走看看，這五座酒莊就像五座莊嚴雄偉的城堡，有的酒莊內還建立起了專屬的「葡萄酒博物館」，想釐清波爾多葡萄酒的歷史淵源，想知道更多關於葡萄酒的知識，不妨到五座酒莊中去參拜參拜。
- 流經波爾多市的加龍河和紀龍德河是兩條特殊的河流，河水呈酒紅色，據說是由於經常運輸葡萄酒造成的。到了波爾多，去看看加龍河和雨果曾經抒情寫道「瀲灩波紅的紀龍德河水，永遠地流淌在我的心中」的紀龍德河，欣賞當地的風光，感受當地不一樣的地理風情，會讓波爾多之行更充實和更有趣。

二〇一二年五月

品味一種鮮花人生

我曾聽說有的荷蘭人甚至願意用自己的造海廠去換取一枝品種稀有的鬱金香，當時聽到這個傳聞的時候，我有點不敢相信自己的耳朵。這在國內，是幾乎不可能發生的事情……

投入五月的荷蘭，就彷彿投入了鮮花的懷抱。荷蘭人用鮮花裝點著自己的生活，讓生活顯示出令人心馳神往的美，很慶幸自己選擇五月來到荷蘭，能夠在行走中，一路有花香相伴。

花卉作為荷蘭的支柱產業，行走在荷蘭的阿姆斯特丹，隨處都可以看到溫室裡的、花圃裡的鮮花，以及市場上兜售的開得嬌豔的花束。尤其是作為國花的鬱金香，五月正好是開放的時節，當地荷蘭人對鬱金香似乎保持著一股狂熱的喜愛。

我曾聽說有的荷蘭人甚至願意用自己的造酒廠去換取一枝品種稀有的鬱金香，當時聽到這個傳聞的時候，我有點不敢相信自己的耳朵。這在國內，是幾乎不可能發生的事情，而在這座美麗的鮮花之城，卻成了再稀鬆平常不過的事情——這樣的觀念在我多日後的行走中，愈發加以肯定。

二〇一二年五月某日早晨，在前往梵谷博物館的路途中，我便遇到了一棟塗著奶黃色色澤的溫馨小樓，小樓吸引我的是門邊上掛著一個牌子，上面寫著，願用這套小樓換取三枝名貴鬱金香。看到這樣的「交換」的廣告，我的內心唏噓不已，可見荷蘭人對鮮花的喜愛已到了如癡如狂的地步。

五月的阿姆斯特丹洋溢在鮮花的香氣裡，就像一位剛洗過花瓣浴的少女，貿貿然闖入遊人的世界中。行走在這裡的大街小巷，經常可以看每家每戶的院子裡栽培著各種鮮花，除了鬱金香，還有風信子、百合、茉莉、雛菊、玫瑰等等。看到路邊的鮮花，總讓我迫不及待想到周圍的花市去看看。

參觀完梵谷博物館，我便前往位於辛厄爾運河邊上的花卉市場。這裡簡直是花的海洋，彷彿阿姆斯特丹的所有鮮花都在一天之內聚集到了這裡，紅的、白的、粉的、紫的、藍的，甚至綠的、黑的，每一種鮮花都煥發著它獨特的魅力。

最奪人目光的莫過於鬱金香，畢竟是國花，每家花店都少不了各種品相色澤的鬱金香的裝點。我看著這些鮮花，心中萌動了太多的感慨。原本對鬱金香並沒有太多情感的自己，如今，竟對這鬱金香充滿了好感，甚至充滿了難以抑制的喜愛。

有位來自美國德克薩斯州的老婦人也在這裡挑選鮮花，我在花卉市場上行走的時候，幾次和她碰面，也許是因為緣分使然，我們愉快的交談起來。她笑著看著眼前品種繁多的鮮花，問我最喜歡哪種花？我想了想，告訴她，我在阿姆斯特丹喜歡上了鬱金香，可是我還是難以忘懷我曾經一直喜歡過的茉莉。老婦人聽罷我的回答哈哈大笑起來，讓一旁站立的我顯得有些手足無措。

「小姑娘，我理解妳的心情！」老婦人說道，「鬱金香很美，茉莉雖然不及鬱金香那樣美麗，但是它那小小的花朵散發著出的芬芳，真是讓人難忘！人生如花啊！」我聽了老婦人的評價，心情久久難以平復。

那時那刻，我似乎一下子明白了自己為何當初會如此執著地喜歡上茉莉。

茉莉比之鬱金香，雖然沒有鬱金香來得高貴典雅，沒有鬱金香華麗多彩的外表，卻用它那小而白的純潔，用它全身的香氣，深深擄獲著賞花人的心。

花不僅要漂亮，還要氣味好，人生如花，要選擇怎樣一種人生，我的內心彷彿找到了答

案。

臨別時，老婦人給了我一個深情的擁抱，這樣如春天般溫暖的胸懷，在阿姆斯特丹運河邊的花卉市場上，凝成了我人生中一道溫馨的景。

感謝這些路遇的好心人，在行走中教會我成長。

心靈慢活

- 到了阿姆斯特丹，辛格運河上的鮮花市集絕對不容錯過。它是世界上唯一一座水上花市，這裡有著一切與花有關的東西，盆栽、幹花、花種、球莖等。來到辛格花市，即使不買鮮花，光是在這裡遊走，看看，都會增長許多關於鮮花的知識。
- 為了方便遊客將鬱金香的倩影帶回自己的國家，阿姆斯特丹的許多花店推出了色彩豔麗的木製鬱金香，作為遊玩的禮品，供遊客挑選。這些木製鬱金香貼心又浪漫，作為送給親朋好友的小禮物，真是不二之選。

二〇一二年七月

流淚的咖啡

當初那個口口聲聲說「願意做妳這杯苦咖啡的白砂糖，溶解盡妳的苦澀」的男人，將我的習慣和性格改變後，卻消失在了我的世界中。

難以忘懷在聖托里尼島的旅程，那海邊呈紅褐色的陡峭山崖，那建築在山崖頂上的如白鴿一樣的房子，那些懂得自我保護的居民，還有那杯苦澀的咖啡，給我留下了太多的感悟。

二〇一二年七月在聖托里尼島上觀光遊走，坐著船完成了我的環島旅遊後，我便在島上找了一處休息之所——島上的一家家庭旅館，準備舒展筋骨，好好休息休息。

雖然感到很累，但是躺在床上翻來覆去睡不著，起來寫了一段日記，翻了一本雜誌，心情依舊有些浮躁。我索性翻身起床，到樓下走走。旅館主人看到我下樓，跟我閒聊了一番，因為話題投機，不知不覺竟聊了一個多小時。她問我，想不想來一杯黑咖啡？我欣然同意。

回想起來，我已經好久沒有喝過黑咖啡了，因為味道太苦，也已經習慣了咖啡加糖的甜味。在旅館主人的盛情之邀下，喝上一杯久違的黑咖啡。

等了一會兒，一杯熱氣騰騰的現煮黑咖啡就被端到了我面前，旅館主人自己也捧著一杯。看著面前的黑咖啡，那深棕色的色澤，還沒喝就讓我隱隱感受到了它的苦味。端起杯子小小地含了一口，那種苦如黃連的味道直沖腦膜。

「太苦了！」嚥下去的時候，我痛苦地皺起了眉頭，坐在一邊的旅館主人看著我的表情哈哈大笑起來。看到我如此痛苦的表情，她索性給我找來了一些做麵包用的白砂糖。我很詫異她喝咖啡不加糖。她笑著跟我說，不加糖的咖啡，才是味最純的咖啡，而苦澀是咖啡的個性，她喜歡咖啡這樣的個性，所以家裡喝的咖啡從來沒有預備過糖塊。

曾經的我未嘗不是如旅館主人那樣，為了追隨咖啡純正的味道，很少往咖啡中放糖，一直喝著原汁原味的咖啡，再苦也覺得自己能夠承受。直到有一天，他出現在了我的生命中……

他喜歡喝帶著奶香和甜味的咖啡，我們兩個人在一起的時候，我喝苦咖啡，他總是用一副詫異的表情看著我。有一次一起喝咖啡，他突然像詩人附體，含情脈脈的對我說：「我願做妳這杯苦咖啡的白砂糖，溶解盡妳的苦澀。」

當時聽到他說出這句詩一樣的話語，我的內心充滿了感動。也僅僅為了這樣一句話，我喝的咖啡的苦味開始變成了加滿白砂糖的甜味——甜味覆蓋了苦味，我一直覺得這就是愛情的味道。久而久之，我便養成了喝任何一種咖啡都要加糖的習慣。而在相處的過程中，為了讓他開心，我也漸漸的變成了他喜歡的樣子，甜美的，清香的，就像一杯卡布奇諾。

習慣喝咖啡加糖的人太多了，就像具備「甜美」、「清香」性格的女孩不勝枚舉。不知道是緣分開了玩笑還是緣分故意折磨我，沒過多久，他身邊便有了其他的女孩，一句「比起妳，我更喜歡她的性格！」一聲「對不起」，就席捲了我所有的情感。

此時手裡握著的這杯黑咖啡，又被加滿了白砂糖，甜味全都覆蓋了咖啡的苦味。我含了一口，突然間很厭惡舌尖上的甜味，就像厭惡現在的自己。一瞬間，我似乎明白了自己為什麼會失去愛情。

我端起手中的咖啡杯，對旅館主人說，能給我再來一杯黑咖啡嗎？我想重新嘗嘗咖啡的原味。旅館主人笑了笑，點了點頭又重新給我煮了一杯純正的黑咖啡。這次我沒有放入一粒白砂糖，只是在喝的時候已是淚流滿面……

心靈慢活

- 生活太過甜美，嘗上一杯苦咖啡吧！可以讓你的心在安逸中復甦！苦咖啡雖然很苦，但是正是嘗下了這樣的「苦」，才能讓自己在感受「甜」的時候，懂得惜福。
- 在聖托里尼島上捕魚也是一天中最快樂的事。隨著小船出海，看著漁人從海裡捕撈上許許多多的海魚，看著漁網中的收穫，彷彿農民收割糧食般喜悅——在勞動中分享收穫的幸福，不失為人生中最快樂的事。

二〇一二年九月

慕尼黑啤酒節——酒神的狂歡

什麼叫做人的海洋？在慕尼黑的啤酒節上我總算是深有體悟。

愛喝酒的人九月至十月在歐洲行走，不去一趟德國的慕尼黑，不去享受一場酒神的狂歡，自是說不過去！我對啤酒並沒有太多的喜好，只是在憂傷難過的時候，在心情大好的時候，會跑到酒吧中，要上幾瓶啤酒，或是一個人低頭悶喝，或是叫來朋友一邊聊天一邊喝。二〇一二年九月已在德國境內，眼看著慕尼黑啤酒節即將舉行，我便迫不及待地跟隨著許多啤酒愛好者們前往了那片飄著啤酒香氣的勝地。

「第一百七十九屆慕尼黑啤酒節」定於二〇一二年九月二十二日至十月七日期間舉行，地點就在德國慕尼黑市特雷西亞草坪上。我來得比較早，能趕在慕尼黑啤酒的開幕式之前到

酒神的狂歡
2012年9月

達。不過，沒想到的是：啤酒節第一天就已是人山人海了。朝著啤酒節捷運站站口望去，人潮大有全都朝這裡奔湧而來的趨勢。

我隨著人潮前行，這樣熱鬧非凡的感覺在我的記憶中空前絕後。我感覺到自己的腳總是不小心踩到別人的腳跟，可是好像大家都處在興奮和期待的情緒裡，無暇顧及腳上的摩擦。尤其是遇到盛裝遊行的隊伍時，周圍許多遊客就會忘我地歡呼起舞。那些遊行的人群大多都穿著巴伐利亞的特色服裝，年輕的小夥子顯得異常英俊，年輕的姑娘們更是風情萬種。

在啤酒節現場，我看到了馬拉的裝滿啤酒桶的車子，每個酒桶邊緣都被點綴上了許多向日葵，每個酒桶呈現在眼前的，都是那樣的濃墨重彩、豔麗無比，遠遠望去，就好像皇家宮廷即將舉行盛宴前的準備。酒桶馬車旁，有穿著柔軟亞麻小白襯衣繡花背帶長裙的慕尼黑姑娘，裙子胸前被巧妙地設置上了可以裝著花束的「花壇」，胸前的「花壇」裡插滿了色澤豔麗的小花，在她們行走的時候，彷彿現場來了一個巨大的流動花壇，這樣的情景讓人忍俊不禁。

為了招來德國的顧客和前來慕尼黑參加啤酒節的外國遊客，特雷西亞早已搭起了巨大的帳篷，裡面擺滿了長條的板凳和桌椅，我目測一個帳篷內容量為三千~四千人，沒想到就是這樣龐大的容量，放眼望去，也是人頭鑽動，座無虛席。

費了很大周章，好不容易找了一間沒有那麼擁擠的帳篷，等到擠到了一個位置，終於可以聽著喧囂，厚顏無恥地迎著那些如我之前那樣踮著腳尖四處找座位顧客焦急而又滿懷期待的目光，當成沒事人一樣安心喝著自己桌上的啤酒。

融身在這樣的狂熱的節日氣氛中，心情也變得愉悅起來，尤其是啤酒順著唇舌捲入腸胃的那一剎那，冰爽的感覺讓人舒服極了！同桌一名慕尼黑顧客告訴我，慕尼黑只有在舉辦啤酒節的時候，才能夠享受這樣熱烈的氣氛。我看著他誇張的表情笑了笑，坐在桌邊學著他豪邁飲酒的樣子，大口喝著自己的啤酒。

我突然想起了小時候和家人圍坐在餐桌前享受週末盛宴的時刻——也是這樣的滿懷熱情，每人手邊都放著一杯果汁或者啤酒，桌上是多日以來就很嚮往的果醬點心，那是我一週中最快樂的時刻，大家齊聚一起，喊著「cheers」如過節一般。現在回想起來，真該感謝我的父母，他們是如此懂得享受生活的人，是他們讓我知道，只要自己願意，每一天都可以過得像節日一樣隆重。

人的一生，漫長的生活充斥了太多平淡的日子，當自己感到厭了，倦了，要學會自己去製造熱情，去挖掘生活中的美好，用積極的態度去應對每一個枯燥的日子，讓自己充溢在興奮、樂觀的情緒裡，命運才有可以翻牌。

遺憾的是，這樣的道理，我卻要等到二〇一二年九月二十二日才能夠明白……

心靈慢活

- 慕尼黑舉辦啤酒節的時候，許多地方根本無法買到啤酒。想不擠在人群中排隊喝啤酒，想獨自享受在賓館露臺上喝啤酒看人潮的愜意，就要在啤酒節來臨前，事先買好自己喜歡的啤酒品種，這樣可以讓你避免「想喝而不得」的痛苦。
- 慕尼黑當地的許多碳烤食物鮮美無比，當地許多小吃都很可口。如果不想擠在啤酒節現場吃美食喝啤酒，可以找一處偏靜的小吃店點餐，吃飽喝足後，再徒步去看看啤酒節的盛況，拍下節日上精彩的瞬間留作紀念。

二〇一二年十月

生命中的那塊「濃情巧克力」

我對巧克力情有獨鍾，因為它那股濃濃的香味，能夠讓人沉醉在味蕾的世界中，感受絲綢滑過肌膚的感覺，輕盈、愜意、充滿了美好的享受。

將比利時定義為「巧克力王國」是不為過的。

全世界幾乎所有的巧克力粉絲們都對比利時充滿了嚮往，對他們而言，比利時就像一座巧克力夢工廠，這裡的巧克力品種齊全、味道豐富、口感絲滑淳厚。我也是懷著這樣的想像，走進了「巧克力王國」比利時。

二〇一二年十月的我，隻身在比利時布魯塞爾。在布魯塞爾市欣賞比利時風情的時候，隨處都可以看到大大小小的巧克力商店。布魯塞爾商店裡的巧克力許多都被包裝得非常完美，

生命中的那塊"濃情巧克力"
2012年10月

讓你買下巧克力的時候甚至會不忍得去拆開它精美的包裝。

布魯塞爾作為比利時的首都，自然是聚集了各種品種的巧克力。在這裡遊走的時候，我最常做的事便是——「搜集」巧克力店，將每一家巧克力店鋪都深深印刻在我的腦海裡。

聽布魯塞爾市裡一家巧克力店主說比利時人對巧克力的形態、口感要求非常高。一旦市場上出現品質略差的巧克力，比利時人是不允許在這樣的巧克力上打上「比利時製造」這樣的標記的。也正是由於比利時人民對巧克力的重視和高要求，使得比利時的巧克力行業一直在不斷地研發、創新，巧克力製造業一直保持在世界領先水準。

在比利時，除了可以吃到各種味美的巧克力，還可以自己親自去動手製作屬於自己的那塊巧克力。在布魯塞爾，也有商店推出顧客自己製造巧克力的活動，以此來吸引大批因為巧克力而來到比例時來到布魯塞爾的外國遊客。

我對自製巧克力也產生了濃厚的興趣。趁著一個陰霾不適宜拍照的早晨，我來到了一家設有自製巧克力服務的巧克力商店，店主帶我參觀了他們的「巧克力實驗室」，裡面工具齊全，有融化巧克力的機器，有用來使巧克力成型的矽膠模具，製作臺上還擺著一些鮮豔的食用色素等等。我挑了一個小熊的矽膠模具，打算將自己製作的第一塊巧克力命名為「歡樂熊」。

滿懷信心的我，在店主的指導下操作著，卻因為太急躁，「歡樂熊」還沒完全冷卻，就被我倒出了模具，最終變成了一堆巧克力泥。店主被我猴急的心態逗得哈哈大笑，讓我再重新做一次。我又鼓起勇氣再 DIY 了一遍，這次我基本是按照店主的「旨意」完成的，可是還是因為弄出模具的時候，不小心將「歡樂熊」的一隻耳朵給弄掉了，我有些洩氣起來，心想就這樣吧，不想再給店主添麻煩，並決定帶著這隻缺耳朵的「歡樂熊」離開。

這時，店主突然叫住了我，誠懇地邀請我再做一次，在他的勸說下，我又回到了那間「巧克力實驗室」，第三次製作我顯得小心翼翼，也吸取了前兩次的教訓，在冷卻的等待過後，我終於成功的 DIY 出了我心目中的「歡樂熊」！店主笑著祝賀我的時候，我已經激動得說不出話來，那種成功的喜悅一掃之前心情上的陰霾。

我將「歡樂熊」定義為「濃情巧克力」。當我走出「巧克力實驗室」時，我竟意外地發現天空變得陽光明媚起來。感謝巧克力店主讓我明白，人生中一些事情，就該如製作巧克力那樣，完全可以做到最好的，就要盡自己的努力去做到最好，哪怕失敗了一次、兩次，都要學會重新振作起來，去追求那個「最好」的目標，不要讓人生遺留下不必要的遺憾。

心靈慢活

・巧克力不僅可以幫助旅者快速補充體力，還可以讓旅者帶著味蕾上的美好上路，品嘗巧克力的美味，就像在嘗著關於幸福的味道，在比利時行走時，別忘了隨身攜帶一塊巧克力，它會給你帶來更充沛的能量，也會在沿途給你帶來無盡的享受。

・給心愛之人DIY一塊「濃情巧克力」，比給他買下一束不實用的鮮花要有意義和浪漫得多，DIY出來的巧克力，既代表著濃濃的愛意，又代表著相戀的甜蜜。當心愛的他在嘗下妳親手做的這塊濃情巧克力時，妳心中對他滿滿的愛意就已經透過巧克力傳遞到了他的心底。

國家圖書館出版品預行編目資料

腳步慢一點，心靈近一點／舟舟著.
－－第一版－－臺北市：老樹創意出版中心；
紅螞蟻圖書發行，2014.10
面　；　公分－－(生活・美；12)
ISBN 978-986-6297-42-7（平裝）

855　　103017018

生活・美 12

腳步慢一點，心靈近一點

作　　者／舟舟
發 行 人／賴秀珍
總 編 輯／何南輝
美術構成／張一心
校　　對／賴依蓮、周英嬌、楊安妮
出　　版／老樹創意出版中心
發　　行／紅螞蟻圖書有限公司
地　　址／台北市內湖區舊宗路二段121巷19號（紅螞蟻資訊大樓）
網　　站／www.e-redant.com
郵撥帳號／1604621-1　紅螞蟻圖書有限公司
電　　話／(02)2795-3656（代表號）
傳　　真／(02)2795-4100
法律顧問／許晏賓律師
印 刷 廠／卡樂彩色製版印刷有限公司
出版日期／2014年 10 月　第一版第一刷

定價 280 元　港幣 94 元

ISBN　978-986-6297-42-7　　Printed in Taiwan